DOUCE DÉTRESSE

Marchand de feuilles
C.P. 4, Succursale Place d'Armes
Montréal (Québec)
H2Y 3E9
Canada

www.marchanddefeuilles.com

Graphisme de la page couverture : Sarah Scott
Illustration de la couverture : Helena Perez Garcia
Mise en pages : Roger Des Roches
Révision : Hélène Bard
Diffusion : Hachette Canada
Distribution : Socadis

Marchand de feuilles remercie le Conseil des Arts
du Canada et la Société de développement
des entreprises culturelles (Sodec) pour leur soutien
financier. Marchand de feuilles reconnaît l'aide
financière du gouvernement du Canada par l'entremise
du Fonds du livre du Canada (FLC) pour ses activités
d'édition et bénéficie du Programme de crédit d'impôt
pour l'édition de livres (Gestion Sodec)
du gouvernement du Québec.

Catalogage avant publication de Bibliothèque et Archives
nationales du Québec et Bibliothèque et Archives Canada

Leventhal, Anna, 1979-
[Sweet affliction. Français]
Douce détresse
Traduction de : Sweet affliction.
ISBN 978-2-923896-41-0
I. Grenier, Daniel, 1980-   . II. Titre. III. Titre : Sweet
affliction. Français.
PS8623.E943S9414 2015   C813'.6   C2014-942229-6
PS9623.E943S9414 2015

Bibliothèque et Archives nationales du Québec
Bibliothèque et Archives Canada

ANNA LEVENTHAL

DOUCE DÉTRESSE

Traduit de l'anglais par Daniel Grenier

[FŒJ]

ÉDITIONS
MARCHAND
DE FEUILLES

À mes parents

Et en mémoire de Thompson Owens

Il n'y a pas de repos, vraiment,
il n'y a pas de repos.
Il n'y a que le joyeux tracas, la vie durant,
de faire le mauvais choix.

DEREK WALCOTT

Pourquoi fais-je toujours le mauvais choix
au milieu de la nuit ?
Je ne veux qu'un peu d'attention.

« Bomb Song », C. HUTCHISON

Gravité

Le test de grossesse s'appelle *Assure*, sauf qu'ils écrivent *Asure*, ce qui crée pas mal l'effet contraire. Je l'apporte à la caisse et l'employée m'envoie un petit clin d'œil et me lance un «Bonne chance», même s'ils ne sont pas censés faire de commentaires moralisateurs sur les produits que tu choisis.

Ce qui est drôle, quand on achète un test de grossesse, c'est qu'on retient notre souffle, d'une manière ou d'une autre. Ce n'est jamais un achat neutre. Donc «bonne chance» est quand même une valeur sûre, étant donné que peu importe ce qui est insinué, ça s'applique. Ils devraient faire deux sortes de tests de grossesse, un pour les femmes qui veulent vraiment avoir un bébé et un autre pour le reste. Chaque test aurait les mêmes deux dessins : des feux d'artifice qui explosent avec le mot *Félicitations !* écrit en dessous et un genre de face fâchée. Les mêmes symboles pour les deux tests, mais pour des résultats opposés.

Je traverse le stationnement en direction de la voiture, où mes parents et ma sœur attendent.

– On est prêts ? dit mon père.

J'acquiesce en lui montrant mon pouce levé et je m'attache. Je regarde Angela. Elle regarde dehors à travers la fenêtre, absente et solennelle comme un chat. On embarque sur l'autoroute et ma mère dirige la voiture vers le mariage de ma cousine.

*

Ma sœur est en amour avec un homme appelé Henry. J'ai toujours aimé le nom Henry, ce qui revient presque au même que d'être amoureuse d'un homme appelé Henry, parce que quand elle dit « J'aime Henry », je peux penser *Moi aussi*.

Tous les gars de mon âge ont des visages comme des miches à moitié cuites. Le visage d'Henry a du caractère. Son visage a l'air d'avoir passé du temps dans le désert, d'avoir survécu grâce au jus de cactus et aux lézards. Angela m'apprend qu'une fois, il s'est battu pour le principe. Je dis :

– Quel principe ?

– Est-ce que c'est important ?

– J'imagine que non. À moins que ça soit par rapport aux nazis ou quelque chose.

– Je pense que j'ovule juste à le regarder, dit Angela.

Des fois, ma mère se demande tout haut ce qu'Henry peut bien vouloir à une fille de 19 ans. Mais vraiment, qu'est-ce qu'il pourrait ne pas lui vouloir ? Ça me paraît si évident. Angela est un méchant morceau, c'est toute une prise. Je viens avec, comme un accessoire. Ce n'est pas la pire des positions. Barbie serait quoi sans ses talons hauts roses, sans sa sacoche de vinyle rose ? Elle serait brisée, chancelante.

On n'est pas des jumelles, mais j'ai toujours cru qu'on se ressemblait, que regarder Angela, c'était comme regarder dans un miroir déformant, le miroir de mon futur. On a les mêmes yeux écartés et le même menton carré, et quand on a eu 12 ans, à deux ans d'intervalle, on a eu la même fine poussière d'acné sur les joues ; je trouvais que ça rendait Angela encore plus belle parce qu'elle avait l'air dure et comme huileuse, un peu comme un vison. Mais presque personne ne devine qu'on est des sœurs.

Malgré le fait qu'elle soit belle au-delà du raisonnable, Angela s'habille comme un enfant amish, parce qu'elle est incapable de trouver du linge qu'elle aime. Ma meilleure amie Camille et moi, on l'a suivie une fois pendant qu'elle se promenait dans l'entrepôt Le Château, rejetant un après l'autre les vêtements qu'on lui proposait avec assez de mépris pour nous faire sentir comme si on avait été élevées dans un parc de maisons mobiles sur Mars. Angela, c'est un génie du rejet, elle est vraiment passée maître dans ce domaine. Elle porte le rejet à un autre niveau. Son dégoût s'étend sur des territoires inconnus des femmes normales, comme ma mère et ses amies ; les genoux noueux ou le gras de bingo, ce sont des problèmes bien en dessous de ses critères, qui sont obscurs, baroques. Son dédain va au-delà du langage commun; il faut qu'elle invente des mots pour l'exprimer. Elle va dire des choses comme: «C'est trop froufreux, j'haïs l'effet de vaguement sur le col, ça me fait vomisser dans le ventre.» Je lui ai tendu une chemise de l'exacte couleur de ses yeux, comme gris-bleu, dessous de nuage, et elle a reniflé de lassitude. «J'aurais l'air de David Cap-au-fil là-dedans. J'aurais l'air de Thomas Pine-de-chêne.»

Tout de suite après avoir traversé la frontière, les routes deviennent lisses et doucement sinueuses, à des lieux des autoroutes crevassées du sud du Québec. La signalisation est différente aussi. Je lis à haute voix: «Cette route est entretenue par les Scouts d'Amérique de Northampton», «Cette route est entretenue par Hoover Electric.»

– Les Américains aiment ça, offrir leurs routes en adoption, dit mon père. On appelle ça le néo-libéralisme. Tu transfères la responsabilité des infrastructures publiques à des entités privées. Après, si un quidam dérape sur un tronçon difficile et se casse le cou, ou démanche sa transmission, ça te fait quelqu'un à poursuivre.

– Les scouts?

– Pas impossible, dit-il. L'idée, c'est la responsabilité individuelle. C'est bien plus facile de jeter le blâme sur une personne ou sur un groupe de personnes que sur un système ou une classe.

Je lis un autre panneau :

– Cette route est entretenue par Cheryl et Maude.

Mon père continue de parler de l'érosion de l'économie sociale et de la responsabilité collective ; je regarde par la fenêtre et je pense à Cheryl et à Maude, et à quel genre de vie elles ont ensemble. Est-ce qu'elles vivent dans un bungalow délabré couvert de vignes Wisteria ? Est-ce qu'elles l'ont décoré avec des toiles de Georgia O'Keefe ? Elles doivent avoir deux chats qui s'appellent Gertrude et Alice. Pourquoi ont-elles décidé de prendre la responsabilité de ce bout d'autoroute du Vermont ? Est-ce que c'était, pour elles, comme avoir un enfant ?

Je répète les mots « bungalow délabré » dans ma tête, je les savoure. Angela ouvre la fenêtre d'une craque et s'allume une cigarette.

*

Quand on était jeunes, Angela et moi, on se pinçait les biceps l'une de l'autre, en prétendant que c'était des seins. « Beau rack », disait on. C'est un jeu qu'on appelait « Cruiser ». On se déshabillait et on gardait seulement nos petites culottes et nos camisoles. Celle d'Angela avait un col en V et une petite boucle rose à l'échancrure. La mienne était blanche et ondulée, comme celles des gars.

Angela se mettait deux clémentines dans la camisole, j'en glissais une dans mes bobettes. Et après, je partais en balade avec elle pour la cruiser. Ça consistait, en gros, à s'asseoir côte à côte sur le sofa en corduroy brun de mes parents ; moi à gauche, elle à droite. Avec une assiette qui servait de volant, je lui faisais faire des tours d'auto, m'enfermant dans un silence macho, pendant qu'elle parlait de son rendez-vous chez la coiffeuse et des souliers qu'elle voulait s'acheter. À un moment donné, elle m'envoyait un aparté de metteur en scène : « Essaye-toi sur moi. » Et j'y allais d'un « Hey, poupée, assez de blabla », et je laissais tomber une main sur sa jambe. Elle la repoussait en pouffant de rire, et je recommençais à conduire, négociant des courbes compliquées et jouant avec les boutons de la radio. « Essaye encore », murmurait-elle.

Une fois, j'ai agrippé sa clémentine gauche avec ma paume. Ça a créé un malaise ; j'ai presque perdu le contrôle de la voiture. Angela regardait devant elle avec un air sombre, concentrée. Et elle a dit : « On est en train de sortir de la route. » J'ai échappé l'assiette. Elle ne s'est pas brisée, elle s'est contentée de rouler par terre sur son rebord un certain temps, en faisant un son creux et granuleux. Si elle s'était brisée, on serait des personnes différentes, des personnes auxquelles il arrive des choses ; je pense qu'on espérait toutes les deux qu'elle se briserait. Mais elle ne s'est pas brisée.

Après ça, l'arrière de nos cuisses était rose et strié à cause du corduroy.

Je ne me suis jamais rendue bien loin durant ces séances de « cruise ». Mais j'aimais la sensation des oranges dans mes mains.

*

Ma cousine Jill, celle qui se marie, est mince et nerveuse, avec des cheveux fins et des yeux de mouche, comme s'il lui manquait une sorte de couche protectrice. Elle a des dents de cheval et le rire qui va avec, et elle est en tous points adorable. Une fois, elle m'a avoué qu'elle pensait être gai parce qu'elle n'arrivait pas à arrêter de fixer son poster de Linda Evangelista. Elle m'avait dit : « Elle est tellement, comme, *radieuse.* » Aujourd'hui, elle se marie avec Harris, un orthodontiste maigrichon sur le bord de la calvitie, qui joue beaucoup au squash. Il est exactement à l'opposé de Linda Evangelista, mais ma cousine et lui ont l'air complètement fous l'un de l'autre.

On dépasse un signe illuminé aux DEL qui dit *L'alcool au volant, NON MERCI !* Comme pour insister encore plus, le *NON* clignote en alternance, ce qui donne *L'alcool au volant, MERCI !* une fois sur deux.

– Ayoye, dit Angela. Je suis tellement déshydratée.

Angela n'a jamais soif, elle est simplement déshydratée. Mon père se range sur le côté pour acheter des bouteilles d'eau et ma mère descend pour aller aux toilettes de la station-service.

Toujours sans me regarder, Angela me dit :

– As-tu le stock ?

Ma meilleure amie, Camille, a déjà acheté un test de grossesse après avoir couché avec un gars, sur la banquette de son camion, en arrière de la boule du Orange Julep.

Elle l'a utilisé dans les toilettes du mail parce qu'elle voulait éviter que sa famille trouve la boîte dans le bac de recyclage et se mette à l'interroger. Elle a dit : « Ils auraient pas été fâchés, mais ma mère en aurait fait une grosse cérémonie féministe, avec genre des herbes, de l'encens, des croix ankh, pis j'aurais eu droit à son discours sur le choix comme fondement de la liberté, pis sur les pionnières courageuses de la cause pis toute. Je voulais garder ça juste pour moi ».

Camille m'a dit que quand elle s'est accroupie au-dessus du petit bâton et qu'elle a pissé dessus, elle a ressenti une grande sensation de fierté dans son corps. « C'était presque comme être excitée, comme si j'étais une espèce d'ancienne déesse de la fertilité, fourrant pis donnant la vie à toute la création. » Camille pèse à peu près 70 livres, elle a zéro poitrine, et elle ressemble à un gamin aux joues roses et aux cheveux dépeignés, alors c'est un peu difficile de la voir comme une déesse sexuelle.

Quand le petit + est apparu dans la partie supérieure du bâton, Camille s'est précipitée dans une cabine téléphonique à côté de l'aire des restaurants et a appelé la clinique de Morgentaler. Elle m'a dit qu'encore aujourd'hui, quand elle entend les mots « c'est le choix des femmes », elle sent automatiquement l'odeur des frites.

Je dis à Angela :

– J'ai le stock.

– Merci, t'es une vraie chum.

– T'aurais fait la même chose pour moi.

Elle se retourne et me regarde, enfin.

– Non, j'aurais pas fait la même chose. J'aurais jamais permis que ça t'arrive. J'aurais tué le gars avant.

Je ne dis rien.

– De toute façon, c'est pas comme si, *toi*, t'avais à t'inquiéter avec ça.

Je lui tends le sac de plastique avec la boîte à l'intérieur et elle l'enfonce dans sa sacoche. Ma mère sort des toilettes et nous envoie la main de loin, comme si on ne s'était pas vues depuis des années.

✳

On a rencontré Henry l'automne dernier, dans un party costumé que quelqu'un avait ingénieusement appelé le Party communiste. Tout le monde portait soit un chapeau de fourrure, soit une barbichette dessinée avec du eyeliner, et j'ai remarqué au moins trois pics à glace plantés dans au moins trois imitations différentes de têtes ensanglantées. J'ai passé une heure à essayer de convaincre un cégépien que j'étais déguisée en Fausse Conscience, et ensuite, je suis partie à la recherche d'Angela.

Elle était en train de parler avec la seule autre personne non costumée. Le gars portait un t-shirt noir uni et des pantalons bleus. Il les portait d'une manière qui laissait voir qu'il avait un beau corps, mais qu'il ne faisait pas beaucoup d'efforts, ou en tous cas, pas autant que les autres. Il n'allait pas au gym, il ne faisait pas de sport d'équipe, il s'était juste ramassé comme ça accidentellement, à construire des maisons pour des réfugiés politiques ou à installer des sacs de sable le long des rivières gonflées. Il était probablement pompier volontaire, ou quelque chose dans le genre.

J'ai dit à ma sœur :

– Ang', j'aimerais ça rentrer à la maison.

– Stacey ! Je suis tellement contente de te voir.

Comme si elle venait de tomber sur moi par hasard et qu'on ne partageait pas, genre, 75 % du même ADN.

– Je veux te présenter quelqu'un, a dit Angela, en posant une main sur mon bras. Henry, Stacey. Stacey, Henry.

– J'ai toujours aimé ce nom-là.

– C'est sûr que vous êtes genre des sœurs. Vous pourriez être des jumelles.

Sans savoir trop quoi répondre, j'ai continué de siroter ma bière. Angela a gloussé, mais elle a eu l'air un peu contrariée, comme si le fait d'être identifiée de cette façon menaçait l'intégrité de sa personne. En se décoiffant un peu les cheveux, elle a dit :

– J'avoue qu'on pourrait voir une certaine ressemblance familiale.

Je ne me rappelle plus de quoi on a parlé après ça. Ou de quoi ils ont parlé. J'ai arrêté de parler. J'avais l'impression de regarder une de ces vieilles bobines de film montrant des tests atomiques au Nevada, ou des volcans en éruption. Le même genre d'impression d'impuissance et de fascination muette.

Il lui a demandé si elle avait envie de sortir après et elle a répondu *Ké*. Juste *Ké*, sans le *O*. J'ai pensé *abcdefghijlmnopqrstuvwxyz*. Tiens, voilà le reste de l'alphabet. Peut-être que tu pourrais l'utiliser pour confectionner d'autres mots, il y a déjà plein de mots utiles là-dedans, comme *allo*, et aussi *non*. Je n'ai pas dit ça à haute voix.

Quand on est retournées à la maison, aucune de nous deux n'a rien dit. J'ai pensé à faire quelque chose d'extrême, à faire une sorte d'action grandiose, comme casser une vitre ou me lancer en dessous d'un autobus. Je me sentais prête pour une immense dose d'émotion. Finalement, j'ai réussi à rassembler assez de courage pour envoyer un coup de pied dans un tas de feuilles mortes. Elles étaient humides, alors au lieu de s'envoler dans les airs, elles se sont toutes collées sur mon soulier; elles sentaient fort la merde de chien. Angela n'a rien remarqué.

Angela a déjà cassé avec un gars à cause de quelque chose qu'il avait dit. Il avait dit : « La fly en boutons. Les filles ont toujours des problèmes avec la fly en boutons. » Les gens la trouvaient frivole, mais en fait, elle avait simplement un sens esthétique très strict qui devenait une espèce d'ordre moral en lui-même. Henry était différent. Il était comme de l'insuline. Il créait un besoin autour de lui, un besoin presque chimique. Je voulais la libérer de son influence. Mais elle n'avait aucune envie d'être libérée.

✳

Quelques heures après notre départ, on s'arrête à un belvédère – on y voit deux ou trois collines escarpées et une chute. Mes jambes sont raides et engourdies. On marche jusqu'à l'endroit où la chute s'écrase sur le sol; elle est tellement à son affaire que ça épuise de la regarder. Angela s'appuie sur la rambarde, tournée vers nous au lieu de faire face à la chute, comme si elle posait pour un dépliant touristique.

Il y a une petite fille dans le sentier; elle se fait traîner par le coude, les deux mains sur les yeux. À mi-chemin du belvédère, elle fige, bloquant ses genoux et refusant d'avancer. Sa mère lui lâche le bras et se remet à marcher sans elle.

– Je m'en vais, là ! dit-elle. Bye !

La petite fille reste immobile, gémissante. Plusieurs randonneurs s'arrêtent pour essayer de lui parler, mais chaque fois qu'ils s'approchent, elle fait un pas en arrière, les paumes encore sur le visage.

Une femme d'âge mûr, souriante, se penche à côté de la petite fille.

– Faut pas que t'ailles peur de la chute d'eau, ma belle. Elle est très jolie.

– J'haïs ça, moi, le joli ! hurle la petite fille.

Au moment où on arrive au terrain loué pour le mariage, il y a une petite bruine qui tombe. Ma tante Lydia est quasiment en pleurs. La cérémonie devait avoir lieu à l'extérieur, sur la rive du lac, mais une couple de gars en tuxedos sont en train de diriger tout le monde vers des rangées de chaises pliantes à l'intérieur du chapiteau. Ma mère attrape les épaules de Lydia et la calme en lui parlant d'une petite voix roucoulante, comme si elle rassurait un caniche trop nerveux. Je me faufile derrière le hangar à bateaux et je découvre Jill en train de pomper une cigarette au menthol en dessous de la gouttière ; l'ourlet de sa robe traîne dans l'herbe haute.

– Qu'est-ce qui est arrivé à ta face ?

– C'est du airbrush, dit-elle. Toutes les filles font ça maintenant.

Ses cheveux sont pleins de mèches de couleur et de spray net; ils sont entortillés comme des saucisses sur le dessus de sa tête.

– T'es vraiment sublime.

– J'ai l'impression que je vais dégueuler.

On se serre fort, je sens ses bras humides et tièdes autour de moi. Sa cigarette oscille dangereusement près de ses cheveux inflammables, alors je la lui retire d'entre les doigts et je prends une bouffée. Elle ajuste le buste de sa robe sans bretelles, jetant un œil à son décolleté.

– Je me sens comme une meringue au citron là-dedans, dit Jill.

– Harris est où?

Elle hausse les épaules.

– À une espèce de truc pour le futur marié. Quelque part dans les bois, à jouer du bongo et à se taper sur les pectoraux.

L'image de Harris en train d'accomplir un rituel masculin, quel qu'il soit, me fait presque rire tout haut, mais en même temps, je ne peux pas m'empêcher de les imaginer ensemble dans le noir, les doigts maigres et poilus de Harris caressant la gorge de Jill, sa bouche descendant comme un crabe le long de sa cuisse. Je lui dis:

– Tu devrais vraiment rentrer avant de te dissoudre sous la pluie.

Elle tend une main et me flatte la tête.

– Bonne vieille Stacey.

Je lui remets sa cigarette; elle prend une dernière longue bouffée et pichenotte le mégot dans l'herbe.

– OK, dit-elle, en relevant le bas de sa robe. On va aller le partir, ce show-là.

*

Angela et moi, on se glisse sous le chapiteau, où un orchestre klezmer joue de façon monotone dans un coin. Nos parents sont déjà assis à côté de la vieille amie de mon père, Sally, dont le fauteuil roulant est décoré de fanions blancs et de lilas. Elle est en train de parler énergiquement à ma mère, mais quand on arrive, elle se met à nous regarder avec ses yeux pâles de petit oiseau.

– Doppel et Ganger, dit-elle. Quel bonheur de vous croiser ici.

Elle nous appelle comme ça depuis aussi loin que je m'en souvienne. Elle nous tend les bras et, l'une après l'autre, on se penche vers elle pour l'embrasser.

Quand on était petites, Sally nous faisait des mix de musique sur des CD et nous donnait des journaux intimes avec des collants à l'intérieur qui disaient « Ex-Libris ». Elle nous emmenait voir des expos dans des galeries d'art et elle nous laissait écouter des films avec de la nudité et de la violence. Elle les qualifiait de « recherchés ». Elle disait : « Ce film-là est pas mal recherché, faites-vous pas d'idées. » Elle nous a appris à nous mettre du eyeliner liquide et aussi à nous sortir d'une prise de lutte déloyale. Ses amis avaient tous l'air d'être des travestis ou des femmes avec vraiment beaucoup de tatouages.

En vieillissant, on voyait de moins en moins Sally. Je ne sais pas si ça a quelque chose à voir avec le fait qu'elle avait la sclérose en plaques ou si c'était autre chose. Connaissant mon père, j'imaginais autre chose. Ici, au mariage, elle porte des pantalons taille haute bruns style Katharine Hepburn, une blouse blanche et une veste qui va avec les pantalons. Ses cheveux sont courts, bruns, avec une mince bande de gris près des favoris et du toupet, et dans ses oreilles percées, elle porte des petits diamants pointus. Autour de son cou, on voit une chaîne dont l'ornement disparaît dans le *V* de sa blouse, mais je sais qu'en fait, c'est une petite hache à double tranchant en or qu'il y a au bout. Je l'ai souvent remarquée quand j'étais jeune, qui se balançait dans son cou quand elle se penchait pour nous soulever ou qu'elle s'avançait au-dessus du jeu de gin rami. Mon père l'appelait La vieille hache de guerre. Une fois, elle m'a dit son vrai nom : *Labrys*. Je ne savais pas ce que ça voulait dire, dans le temps.

Dernièrement, elle a commencé à expérimenter des traitements homéopathiques, genre le reiki. Elle dit à mon père qu'elle est vraiment à l'écoute des vibrations. Je lui demande :

– C'est quoi, le reiki ?

– Ça a rapport avec l'énergie.

Je peux comprendre ça. J'ai déjà aperçu des auras autour des chiens, je me suis tenue à côté de la station d'Hydro-Québec, à Manic-5, et j'ai senti mes cheveux se dresser sur ma tête. Une fois, j'ai posé ma joue sur une sécheuse en train de vibrer, jusqu'à ce que je vomisse. Je sais ce que l'énergie peut faire. Je lui demande :

– Comment ça marche ?

– Ça a rapport avec l'énergie qui suit les lignes de ton corps qu'on appelle des méridiens.

Elle lève mon bras et passe un doigt à l'intérieur, le long de mes veines, là où la peau pâle de l'hiver rencontre la peau foncée de l'été.

– Ça, c'est le méridien du cœur.

Une sensation passe, mais ne me traverse pas, comme la température.

Angela me fait du coude et elle se penche vers moi pour me parler dans l'oreille, mais ses paroles sont noyées par le vacarme de l'orchestre klezmer qui se lance dans une marche nuptiale ; les clarinettes geignent, comme si elles annonçaient la fin du monde.

✳

Après la cérémonie, Sally nous demande, à Angela et à moi, de la rouler vers le quai flottant, pendant que les serveurs en smokings blancs préparent le chapiteau pour la réception.

— J'ai envie de voir l'eau, dit-elle.

On cahote sur le sol inégal jusqu'au chemin de gravelle, passée la file de félicitations, où Jill, Harris, ma tante et mon oncle effleurent les paumes des membres de la famille.

Angela arrête le fauteuil roulant au sommet d'un talus, devant l'allée de pierres qui mène au quai. Le vent ébouriffe nos cheveux pendant un moment et personne ne dit rien.

Ma tante Lydia s'approche. Elle a l'air d'avoir récupéré depuis tout à l'heure ; ses joues sont roses, elle tient un verre de champagne marqué de ses lèvres et une cigarette tachée de rouge dans la même main, tachée elle aussi.

– Mon Dieu, sortez les violons ; ça, c'était une cérémonie magnifique. Ces deux jeunes-là, on pourrait les manger pour déjeuner.

Et elle serait capable de le faire ; elle a cet air affamé, comme un loup. Elle s'appuie sur le fauteuil roulant de Sally, comme si c'était la rampe d'un bateau, et me tapote la joue.

– Les filles, dit-elle. Laquelle de vous deux va être la prochaine ?

– La prochaine ? dit Angela.

Lydia incline la tête et hausse les sourcils.

– J'ai entendu dire que t'avais un prétendant, dit-elle.

Angela prend un air choqué, et elle rit. Je pense à un petit cottage, des vignes Wisteria, deux chats, Gertrude et Alice.

– Oh ! Oh ! ouais, lui, dit Angela. Ouais, on est sur le point de monter les marches de la chapelle, d'un jour à l'autre.

– Tu vas pas oublier de nous inviter, hein ?

– Jamais.

Lydia m'aperçoit, même si elle fixe le vide.

– Pis toi, Stacey ?

Elle se penche un peu et cligne de l'œil.

Je fixe le lac et j'ai une envie intense d'être en train de le survoler, de planer au-dessus de l'eau calme avec mes bras éten-dus, comme Dieu, comme un avion.

– Faut pas que t'ailles honte de ta sec-su-halité, dit Lydia. Ta sec-su-halité, c'est une chose magnifique.

– J'ai pas honte.

Sally sourit aussi maintenant.

– Tu sais, dit Lydia, je connais un couple de lesbiennes vraiment gentil. Je pourrais te les présenter un moment donné.

Je regarde Angela, mais elle est à peine présente, comme si elle était la silhouette vague d'une fille qui observe un lac.

– Ça va aller, dis-je.

– T'as aucune raison de rester toute seule, dit Lydia. Il y a plein de gens comme toi dans le monde. Il faut juste que tu sois capable de t'ouvrir un peu !

Sally prend ma main et dit qu'elle est certaine que je vais rendre une fille très heu-reuse un de ces jours. Et je pense qu'elle a rai-son, sauf que ce ne sera pas celle que je veux.

✳

Sous le chapiteau, mes parents sont déjà installés à la table. Ma mère est en pleine discussion avec un homme qui a des épaules larges et porte un polo ; au lieu de l'alligator typique, c'est un mini fusil qui est brodé au-dessus du cœur. Ses cheveux sont châtains et lissés vers l'arrière. Il a l'air d'un athlète universitaire sur le déclin, avec sa peau de cuir tanné, à la fois attirante, et triste à voir.

– Stacey, je te présente ton cousin germain, Mitchell. C'est un écrivain lui aussi, comme toi.

– Oh ! Allo.

Il me tend une main ferme et virile.

– Ah ! Stacey. Tante Abby me disait justement que tu vas publier quelque chose dans le *Sparkle-Pony*. Félicitations. J'en ai pas entendu parler, est-ce que c'est affilié à une presse universitaire ?

– Euh. Non. C'est plus comme une publication indépendante.

– Cool, cool. L'important, c'est de placer tes trucs.

– Mitchell vient de signer un contrat d'édition avec Knopf, dit Lydia. Pis il a même pas fini d'écrire son livre !

Mitchell sourit et agite sa main en signe de modestie.

– C'est pas de la fiction. C'est standard dans l'industrie. C'est pas comme ce que Stacey fait. Les maisons littéraires veulent voir le *produit*.

– En tous cas, moi, je vous trouve super, les jeunes, dit Lydia. Vous suivez le train.

– On saute dedans pendant qu'il roule, dit Mitchell.

– Exactement.

Quand la bouffe arrive, ma mère prononce sa phrase habituelle :

– Ça fait du bien de manger.

Angela me lance un regard furtif et se lève de table ; sa sacoche, avec le test encore dedans, est bien accrochée sous son bras.

Le DJ met du Bryan Adams et quelques couples commencent à danser des slows. Mon père retient ma mère collée dans ses bras et lui murmure des choses dans le cou. Le gin-tonic qu'elle tient dans sa main lui dégoutte dans le dos, sur son veston.

– Viens danser, Stacey, dit ma mère.

Elle s'éloigne de mon père et s'avance vers moi, se balançant d'un côté et de l'autre comme une espèce de chimpanzé beatnik. Elle m'agrippe les avant-bras et elle essaie de me soulever de ma chaise. J'essaie d'être la plus lourde possible, sans avoir l'air de rechigner ouvertement.

– Oh ! voyons donc, laisse-toi aller un peu.

Elle me brasse le bras et je pense à la résistance passive. Ma mère soupire.

– Les enfants peuvent tellement être des petits fascistes, des fois, annonce-t-elle au chapiteau au complet.

Je m'éloigne subtilement pendant qu'elle se met à virevolter comme un ouragan de taffetas.

Il y a une très longue file devant les toilettes chimiques. Pendant que j'attends, j'écoute un groupe de garçons d'honneur parler de leur vedette de porno préférée ; elle s'appelle Jaymon Dildo.

– C'est une pro, man. Elle joue pas dans ta ligue, dit le premier.

– Oh ! que oui, elle joue dans ma ligne, man.

– Elle joue dans ma schling.

– Keschlinnggg !

Une porte s'ouvre, et Angela sort de la cabine en titubant, ses talons hauts dans une main. Elle me remarque dans la file, me prend le coude et m'entraîne avec elle loin des toilettes chimiques, à l'extérieur du chapiteau.

– Faut que je pisse.

– Donne-moi une smoke, dit-elle, ignorant mes besoins personnels pour la vingt millième fois.

Je fouille dans ma sacoche à la recherche de mon paquet.

– Mitchell est vraiment pas laid, dit-elle, les lèvres refermées sur le filtre pendant qu'elle s'allume.

– T'es sérieuse ?

– Tu trouves pas ?

– Il a genre *40 ans*. Pis c'est un estie de prétentieux.

– Il a 32. Pis il est pas prétentieux.

– Il se moquait de matante Lydia carrément dans sa face.

– Il la taquinait, *gentiment*. Si elle est trop épaisse pour suivre, c'est pas de sa faute. De toute façon, c'est un intellectuel.

– Un estie d'intello snob.

– Je me le ferais pareil.

– Est-ce que j'ai vraiment besoin de te rappeler que c'est ton cousin ?

– Pis ? C'est pas ça qui a arrêté Bubbe pis Zaide.

Difficile de la contredire là-dessus. Nos grands-parents étaient effectivement de lointains cousins. Il n'y avait pas beaucoup de choix dans le shtetl. Je réponds :

– Mange de la chnoute.

– Dis-moi que tu viens pas juste de dire ça.

Elle se retourne et marche vers le sentier qui mène au quai flottant ; ses talons s'enfoncent dans l'herbe mouillée. La mélodie de *Hava Nagila* flotte au-dessus des arbres et je peux entendre les cris de Jill au loin, alors qu'elle, Harris et leurs chaises se font soulever dans les airs. Je pense à un bébé qui ressemblerait à moitié à Henry et à moitié à Angela, et, comme de fait, à moitié à moi. L'idée me plaît et me dégoûte en même temps.

Angela s'arrête soudain et je lui rentre presque dedans.

– Donne-moi une autre smoke, dit-elle.

– Pourquoi, tu fumes pour deux, maintenant ?

Elle me jette un sourire condescendant et me tend la main. Je l'attrape et on marche ensemble le long du sentier de gravelle, et on monte ensuite sur le quai.

On ressent une sorte de vertige quand on regarde une étendue d'eau profonde et complètement immobile. Angela s'assoit sur le bord du quai, je laisse aller mon regard au-dessus d'elle, dans les profondeurs cuivrées, et mes yeux se remplissent d'eau. Une fois, j'ai grimpé dans un escalier de secours avec Henry et Angela; on essayait d'atteindre le toit d'un cinéma abandonné sur l'avenue du Parc. Henry est allé en premier, moi en deuxième, et Angela fermait la marche. L'escalier en fer brinquebalait comme une vieille affaire sortie tout droit d'un dessin animé des années 1940, swinguant en 4/4; ma gorge a commencé à sécher, mes yeux se sont mouillés, et à peu près à la moitié, j'ai carrément figé, un pied dans le vide et mes poings bien serrés sur les rampes.

– Qu'est-ce qui se passe, a dit Henry, t'as peur des hauteurs?

– Elle a peur de la gravité, a dit Angela.

Elle a offert de me porter, et j'ai dit non, que ça ne changerait rien, et alors, elle m'a offert de la porter, elle, et j'ai dit:

– Je pourrais te porter, pis toi, tu me porterais; comme ça, on aurait toutes les deux un trajet gratuit.

Et Henry a crié d'en haut, sur le toit:

– Eille, câline, prenez-vous une chambre, vous deux.

Une roche qui sort de l'eau ressemble à une roche, mais quand tu regardes en bas, tu vois qu'en fait, tu te tiens en équilibre sur le sommet d'une montagne. Tu comptes jusqu'à trois, et tu te laisses aller.

Angela glisse le long du bord du quai, elle entre dans ce grand vide qui, étrangement, la soutient et la guide au gré du courant; sa robe flotte en poches d'air à la surface, alors qu'elle fait de grandes brasses dans l'eau. Son dos et ses épaules scintillent.

Un.

Deux.

Trois.

Go.

Douce détresse

Tous les noms des infirmières finissent
en *nda* : Rhonda, Randa, Amanda, Linda,
Petite Linda, Panda. Non, celui-là, je l'ai inventé. Personne ne s'appelle Panda, bien
qu'une des tuniques de Rhonda soit agré-
mentée de petits ours en pyjama. Est-ce que
tunique est le bon mot ? Probablement pas
– ça ressemble trop à *panique*, une chose
qui n'est pas encouragée dans notre aile. Les
gens paniquent quand même, mais silencieusement.

*

– Écoutez, dit le docteur B, ce que je vous
dis là, faut pas que vous preniez ça comme
la fin du monde. Vous devriez au contraire
considérer ça comme une opportunité de
croissance.

Bon, me dis-je, *ha ! ha ! Là, on touche à
quelque chose.*

C'est drôle, « *Une opportunité de croissance* » était aussi le titre du dépliant d'information qui est tombé dans ma fente à
courrier quelques jours après l'ouverture de
l'usine chimique de BGD, à quelques coins
de rue de ma maison. Le dépliant mettait en

scène un bonhomme enjoué, qui était soit une boule de crème glacée molle, soit une chute d'eau glacée, avec des jambes bancales, des gants et un chapeau haut de forme. *Salut! Je m'appelle B. B. LeBon et je suis nouvellement arrivé dans ton quartier! Je suis impatient d'avancer vers le futur en ta compagnie!* Ces mots, énoncés dans une bulle, sortaient de sa bouche. Il se trouve que je crois sincèrement au pouvoir des coïncidences. C'est la manière que l'Univers a trouvée pour dire *Vas-y, ma belle, tu es sur la bonne voie, continue ton beau travail, il y a quelqu'un, là-haut, qui t'aime bien!* Et ainsi de suite. Alors, quand le docteur B. m'a sorti son discours sur les métastases, les mauvais pronostics et la guérison improbable, sans mentionner les opportunités de croissance, ça m'est apparu comme un signal. Pas comme un signal dans la circulation, pas énorme, bien découpé et plein d'avertissements en néon. Plus comme un mouvement subtil, un spasme dans la paupière ou sur le coin de la bouche d'une amie, quand tu lui demandes comment elle va, si subtil que c'est à peine si tu le remarques, si subtil que c'est à peine si *elle* le remarque. Et ça veut dire ceci : *Tu n'en as aucune idée, mais quelque chose d'important est en train de m'arriver et tu as un rôle à jouer, petit, mais fondamental. Garde la foi. Tiens bon.* Ou quelque chose comme ça.

✳

D'après ce que j'ai lu dans le dépliant, les BGD sont des molécules développées en usine, utilisées surtout dans la fabrication de solvants de dégraissage industriel. *Permettre à la roue de l'industrie de tourner*, comme le dit le dépliant. Pensez-y deux secondes : une chose qui n'avait jamais existé auparavant a été créée dans l'intérêt du progrès, permettant aux objets mécaniques de tourner rondement et sans interruption. Si on fabriquait des BGD pour ma vie, je serais la première à faire la file.

Il y a une réalisatrice de documentaire qui me harcèle, qui m'envoie des courriels à répétition et qui s'est même présentée ici à quelques reprises. Randa et Linda ont été obligées de la mettre dehors comme un chien errant. Elle veut m'interviewer pour le « nouveau projet » sur lequel elle travaille ; quelque chose à propos de l'environnement et de la responsabilité corporative, de la toxicité des eaux souterraines et du bouillonnement dans ma circulation sanguine – tout ça est connecté. Et, bien sûr, je n'en doute pas une seconde. Mais chaque fois que je lis une de ses requêtes joyeusement menaçantes, je me mets à avoir la bougeotte. Ça a peut-être quelque chose à voir avec son dédain évident pour la ponctuation et les lettres majuscules : *croyez-moi il s'agit de l'unique façon mise à notre disposition pour sensibiliser les gens au sujet des pratiques douteuses des entreprises des monstres tous des monstres jusqu'au dernier.* Mais c'est plus que ça. Comment puis-je lui expliquer que les monstres sont tous dans sa tête ?

Abby, la femme qui partage la chambre avec moi, aimerait que je participe.

– Fais les payer, les enfants de chienne, pour ce qu'ils t'ont fait, me dit-elle.

À cause de son tube nasal, *fais* sonne comme *pais*. Je comprends son amertume. Si seulement elle pouvait être certaine d'appartenir à quelque chose de plus grand qu'elle-même, comme j'en suis certaine. Je ne cesse de lui répéter que les arbres lui cachent la forêt, et elle ne cesse de rouler les yeux en grommelant, cachée derrière le dernier numéro du *Mother Jones*. Elle croit que je suis lâche, mais peut-être qu'elle est simplement jalouse des changements que je subis. Certaines personnes n'ont aucune idée de l'importance de la croissance.

Rhonda entre pour changer le tube nasal d'Abby.

– Chère, pourrai-je encore jouer du piano quand tout cela sera terminé ? lui dis-je.

Nous avons nos petites habitudes, elle et moi.

– Les filles, dit Rhonda en souriant.

Elle me donne de petits surnoms qui ont l'air violents mais qui, en fait, sont pleins d'affection : ma petite coupure, ma petite alarme, ma petite fin de vie. Je pense qu'Abby trouve notre relation inquiétante.

※

Le boisé au bout de la rue où j'habitais, avant que je me retrouve ici avec Abby, était auparavant un site d'enfouissement. *Site d'enfouissement* est une locution bien plus belle que le mot *dépotoir* ou encore *dompe* – c'est un mot qui nous dit à quoi l'endroit sert, quel est son but précis, comme gel pour les cheveux ou glaçage à gâteau. Et le site où on enfouissait les déchets était devenu le boisé où je promenais Noix de coco. Quand il y a eu un nombre suffisant de couches souillées, de vieilles batteries de portables, de crottes de chiens et de bas-culottes déchirés, ils ont déroulé de la pelouse sur la pile comme une tranche épaisse de linoléum, et ils ont planté des arbres bien espacés sur le dessus – des ormes sibériens –, choisis pour leur croissance rapide dans les sols pauvres. Et voilà que j'avais de nouveaux voisins : ces arbres, alignés comme des portiers. Jusqu'à ce que l'usine s'installe. Les choses sont toujours en train de s'installer et de se répandre ; le nouveau déloge l'ancien. Ce qui correspond à peu près exactement à ce qui se passe dans mon utérus en ce moment, comme me le dit le docteur B.

– Eh bien, docteur, lui dis-je, j'imagine que vous savez de quoi vous parlez, vous êtes du bon côté du cathéter, ha ! ha ! ha !

À la télé, l'autre jour, ils passaient l'histoire d'un homme souffrant d'une malformation génétique qui le transformait lentement en arbre.

– On ne sait pas exactement pour quelles raisons ces symptômes se produisent, a dit le présentateur, avec un ton réconfortant, comme celui de David Attenborough, mais il est possible d'affirmer sans l'ombre d'un doute que chaque nouvelle occurrence permet à l'espèce humaine d'y voir plus clair.

Amen, ai-je pensé.

*

Soit dit en passant, je crois sincèrement que, lorsqu'on meurt, entre autres choses, on nous permet de voir le Journal de bord. Le Journal de bord enregistre tout, absolument tout ce qui arrive dans l'Univers, avec une précision numérique infaillible. Combien d'argent avons-nous dépensé pour des cadeaux faits à des parents qui ne nous aiment pas vraiment. Le volume total, en litres, de gin fizz que nous avons consommé. Combien de gens ont pensé à nous pendant qu'ils se branlaient. Et ainsi de suite.

*

La réalisatrice de documentaires, une femme avec une veste en jeans et un petit croissant argenté dans la narine, me montre des extraits de son travail dans le but de me convaincre de « partager mon histoire ». Un homme, organisateur syndical dans une mine de charbon, fixe le vide au-delà de la caméra et parle du système d'une voix monocorde, lequel est apparemment très difficile à détruire. Suivent des plans de paysages dévastés qui rappellent la lune, d'un bungalow en ruine, d'un homme remontant sa chemise pour montrer une cicatrice faite par une balle qui l'a frôlé lors d'une manifestation. À la fin, une ligne de texte apparaît à l'écran, un bloc de lettres sévères, rouge cinabre : EXIGEONS LA RESPONSABILITÉ CORPORATIVE !

– C'est pas un peu, comment dire, sinistre ? dis-je. Ça manque un peu de piquant, non ? Pourquoi pas ajouter, par exemple, une pioche de mineur en dessin animé ? Elle pourrait chanter cette vieille chanson de Ernie Ford, vous savez ? *Ya load sixteen tons, and whaddaya get…*

Je lui chante la chanson avec une voix grave et en bougeant mes mains de façon rythmée, comme Liza Minnelli dans *Cabaret*. La réalisatrice plisse les yeux en me regardant, comme si elle vérifiait de quoi j'aurais l'air sur un écran géant.

– La responsabilité corporative a rien à voir avec le piquant, dit-elle. Ça a à voir avec…

– Oui, je sais, dis-je, avec la croissance.

✳

Quand l'usine de BGD a commencé à installer ses panneaux disant *Une opportunité de croissance* dans le boisé au bout de ma rue, il y a eu toutes sortes de protestations.

Des femmes, identiques à la réalisatrice, mais avec des jeans encore plus rapiécés et encore plus colorés, et des hommes avec des barbes qui leur donnaient l'air de vieux monsieurs pervers bien avant le temps, brandissaient des pancartes avec des slogans comme LEBON ? PAS BON ! et PAS DANS MON ANCIEN DÉPOTOIR ! Une autre pancarte, qui avait dû être recyclée pour les besoins de la cause, disait AMIANTE ? ENNEMIANTE ! Je ne sais pas d'où ils venaient – une chose est sûre, ils ne venaient pas du coin. À la fin de la journée, un autobus scolaire miniature est venu les chercher ; ils se sont empilés à l'intérieur et ils sont partis, abandonnant leurs pancartes et leurs mégots de cigarettes roulées partout sur le terrain. Plus tard, alors que je promenais Noix de coco autour du pâté de maisons, j'ai vu que quelqu'un, probablement les enfants des Johansson, avait planté les pancartes dans le sol de manière à former un mot vulgaire. Je me suis approchée et j'ai déplacé quelques-uns des bâtons. FLOTTE. Beaucoup mieux.

J'ai aperçu, à cet instant, une autre femme qui marchait dans les bois. Elle murmurait comme pour elle-même et envoyait les verres de café en carton recyclé des manifestants dans un sac de poubelle orange. Elle avait à peu près mon âge, elle était toute petite, et portait un de ces manteaux boursouflés qui la faisait ressembler au bonhomme Michelin.

– Vous êtes pas obligée de faire ça, lui ai-je dit.

Elle m'a regardée, surprise.

– Si je le fais pas, qui va le faire ?

– Non, ai-je dit, je voulais dire parler toute seule comme ça. Vous pouvez me parler à moi, à la place.

Et elle a souri.

– Vous vivez près d'ici ?

– Ouaip. Vous ?

– J'emménage dès juillet.

– Eh bien, ai-je dit, bienvenue dans le quartier !

Noix de coco s'est dandiné jusqu'à elle et a laissé tomber, à ses pieds, un emballage à sandwich végé avec les mots SANS TRIPES ET SANS REPROCHES imprimés dessus.

– Quelle bande de schmucks, quand même ! ai-je dit.

– Ouais, mais ils sont pas méchants. Ils sont juste incapables de comprendre qu'il y a des choses qui les dépassent. Dieu sait que je le comprenais pas non plus, à leur âge.

– Vous avez tellement raison, ai-je dit, à propos des choses qui nous dépassent, je veux dire.

– Je suis heureuse que vous me compreniez, a-t-elle dit. Par exemple, tout *ça* – elle a vaguement englobé le boisé dans un geste circulaire. Tout ça aurait été considéré auparavant comme anormal, bizarre. Mais on s'adapte, on développe une nouvelle conception de la normalité. Et on évolue, on avance...

– Vers le futur, ai-je dit.

– Exactement.

Quelques arbres montraient des signes évidents de maladie – des taches orange et pulpeuses sur l'écorce, et d'étranges bosses noueuses qui me faisaient penser à de l'acné.

– Regardez-moi ça, ai-je dit à ma compagne, en montrant l'arbre du doigt. Il faut offrir une bouteille de Clearasil à cet arbre, ça presse !

Et elle poussé un rire comme je n'en avais pas entendu depuis des années, avant ou après.

– Vous êtes vraiment quelque chose, m'a-t-elle dit.

*

Quelques mois plus tard, quand le dépliant d'informations de B. B. LeBon est arrivé chez moi, j'ai remarqué une photo dans le coin inférieur droit. *Shyla Cervenka, Responsable des opérations et PDG.* C'était la femme que j'avais rencontrée dans le boisé. La femme Michelin. Eh bien, me suis-je dit, si elle est heureuse.

*

Aujourd'hui, j'ai rendez-vous avec Grace Showalter. Grace est coach de patrimoine. Ce qui veut dire, en gros, qu'elle aide les gens à comprendre comment ils peuvent influencer les générations futures grâce au legs de leurs avoirs, c'est-à-dire leur héritage. Actions, investissements, meubles, œuvres d'art, propriétés. Comme je n'ai pas de descendance, mon patrimoine peut avoir toutes sortes de bienfaits pour toutes sortes de gens. Grace s'assoit sur le bout de mon lit, elle tient un très joli cartable en cuir. C'est une femme élégamment plantureuse avec ce qu'on avait coutume d'appeler des jambes qui montent jusqu'en haut.

– J'ai quelques idées à vous partager, me dit-elle. Que pensez-vous de Camp cancer ? Ils ont d'excellents programmes, comme Rêve final, qui permet aux...

– Non, dis-je. Rien avec des enfants.

– Hum, OK, dans ce cas, avez-vous entendu parler d'Utérus sans frontière ? Ils travaillent avec des survivantes de, euh, de traumatismes utérins. Ça pourrait être approprié.

– Pourquoi ? dis-je.

– Ben, à cause de, vous savez...

– Mon Dieu, dis-je, y a rien qui existe qui aurait, comment je pourrais dire ça, une perspective plus positive ?

Grace fronce les sourcils, les yeux dans son cartable.

– Peut-être qu'on serait mieux de s'éloigner un peu du secteur des organismes sans but lucratif.

– Je pourrais pas être plus d'accord.

*

Je vais vous glisser un mot à propos de mon autre héritage, celui que, probablement, personne ne recevra. C'est un florilège d'adjectifs positifs. Incroyable, super, merveilleux, fantastique. La plupart sortent tout droit du *Reader's Digest* et ils sont « tout-usage ». Quelques-uns proviennent des magazines féminins, et d'autres, encore, ont été dénichés dans des clips musicaux et sur Internet. Il y a en a une certaine quantité qui me perturbe encore : débile, malade, épique, écœurant, sexcellent, fou raide. Ce qui est intéressant, avec ces adjectifs, c'est qu'une fois couplés avec le nom *douleur*, ils gardent leur sens original, tout en créant une nouvelle signification. Incroyable douleur. Écœurante douleur. Merveilleuse agonie. Débile souffrance. Douce détresse.

*

La réalisatrice s'agenouille sur le bord de mon lit, la caméra en équilibre sur une épaule. Un homme maigrichon fait planer un micro au-dessus de ma tête, pendu à l'extrémité d'une longue perche, alors qu'Abby essaie de ne pas être dans le chemin, à l'autre bout de celle-ci, laquelle vibre dangereusement près de son sac de glucose.

– Quand avez-vous reçu votre diagnostic ?

La voix de la réalisatrice est d'un calme autoritaire.

J'inspire profondément.

– Votre caméra, est-ce que vous saviez qu'elle vient des dinosaures ?

– Pardon ?

– Les dinosaures. Les hydrocarbures proviennent des corps en décomposition des dinosaures, les produits du pétrole sont en fait des animaux morts il y a des milliards d'années. Vous voyez ?

Je pointe la brosse en plastique rose d'Abby.

– Triceratops. Les tubes qui nous sortent du corps, à Abby et à moi : brontosaure. Les pantalons de vinyle du technicien de son...

– Laissez-moi deviner, dit la réalisatrice. T. Rex ?

– En fait, dit l'homme, c'est du cuir véritable.

Je prends une autre grande respiration.

– Peu importe. Les dinosaures ont été incapables de s'adapter, alors ils sont morts, mais ils sont encore parmi nous, conduisant nos voitures, et fabriquant nos disques et je sais pas quoi d'autre. L'être humain arrivera probablement pas à s'adapter non plus. Mais...

Je m'assois dans mon lit et j'essaie de prendre une attitude prophétique.

– On peut au moins essayer.

✳

Je viens de recevoir la documentation de la Fondation pour l'avancement de l'animal humain. Grace Showalter l'a gentiment laissée traîner sur ma table de nuit pendant qu'elle croyait que je dormais. En fait, j'étais en plein milieu d'une stupeur narcotique, mais comment pourrait-elle faire la différence? Parfois, je ne suis pas certaine de faire moi-même la différence. Ce sera une petite fondation, dédiée au financement des recherches sur les facteurs environnementaux influençant l'évolution physique de l'espèce humaine. Comme B. B. LeBon, comme l'homme-arbre, comme les dinosaures, je suis totalement pour l'avancement vers le futur. Je remets les papiers dans leur enveloppe brune et j'inspire l'odeur de colle du pli. Je ferme les yeux. Ça a été une longue journée.

Quatre-vingt-trois kilomètres de planchers vadrouillés. Deux accidents de voiture. Soixante-dix heures passées à regarder des vedettes de films s'embrasser. Trois mille soixante-dix-sept verres en styromousse. Trois personnes qui m'appelaient *ma chère*. Treize enterrements. Et ainsi de suite.

Premier juillet

L e premier son que tu entends, c'est celui des camions de déménagement. D'habitude, il y a des camions de vidange et des camions de recyclage, et il y a le *ding, ding, ding* de la camionnette orange de l'aiguiseur de couteau. Mais aujourd'hui, les camions de déménagement unissent la ville dans leur bourdonnement : Lynnie endormie sur un matelas gonflable, madame Bruges-Robineau ronflant sous une couette de duvet, les jeunes de la Maison de l'amour & de la misère roulant sur des futons, Christophe déjà réveillé, sans avoir rien paqueté, fixant nerveusement son réveil matin blanc et lisse comme un Mentos. Un jeune adjoint à la mairie faisant une salutation au soleil sur du bois nu, un chauffeur serrant son gobelet de café en styromousse. Sous leurs fenêtres, les camions s'alignent les uns derrière les autres, se reniflant le tuyau d'échappement ; déjà des embouteillages, et le soleil est à peine levé. Des panneaux à travers la ville, à chaque intersection importante, qui disent JOUR DE DÉMÉNAGEMENT OFFICIEL : INTERDIT DE STATIONNER, 1er JUILLET EXCLUSIVEMENT.

Premier juillet, jour de déménagement !
Moitié crise sociale, moitié congé payé. Le
festival du gaz, de la sueur, des bras, des
déchets, des boîtes, du scotch tape, de la
peinture, de la nostalgie et de l'anticipation.
Au revoir aux plafonds bas, aux robinets qui
ferment mal, aux planchers qui ont été ta-
chés de sauce à spaghetti avant même que tu
sois né. Bonjour à toute une nouvelle gamme
de problèmes, encore insoupçonnés. Un nouvel appartement, c'est comme un nouvel
amoureux : l'inévitabilité de la déception
comprise uniquement par la partie platement
logique du cerveau, le reste imbibé de désir
et incapable de résister à l'attrait de la nou-
veauté ! Chaque imperfection perçue comme
un pur délice, comme une excentricité à ché-
rir, à apprécier, à aimer ! Comme une chance
inouïe d'évaluer le potentiel, de planifier les
rénovations nécessaires, de se retrousser les
manches ! Le cœur bondit à la découverte
d'une infestation de champignons dans la
salle de bains, d'une fissure dans un mur de
soutènement. Les locataires chantent en mélangeant le plâtre dans des pots de yogourt
et en mixant une tasse de javellisant dans
trois tasses d'eau, les mélodies fusionnent
dans les couloirs et dans les vestibules, donnant à chaque quartier son ambiance dis-
tinctive.

Cette phase joyeuse, euphorique, dure
entre trois et cinq mois. Ensuite, ça se met à
sentir la vieille rengaine. Les nouveaux problèmes apparaissent avant que les anciens

ne soient complètement réglés ; ce qui, au départ, était perçu comme du caractère se révèle être du mauvais goût. Les solutions ingénieuses que tu avais trouvées, les façons de s'arranger avec les moyens du bord, s'avèrent bancales et superficielles. La dépression et le désespoir s'infiltrent, plus ou moins en même temps que la moisissure. Mais ça ne fait rien, parce que ça fait déjà 12 mois, et le temps de déménager est revenu !

✳

Madame Bruges-Robineau pousse les derniers classiques de Harvard de son défunt mari dans le Tuyau à excédent de Easthill. Elle se frotte les mains pour les dépoussiérer et regarde les livres disparaître dans le tunnel à pression, où ils se mêleront aux déchets de tous les autres citoyens de Easthill et feront leur petit bonhomme de chemin jusqu'en bas de la montagne, où ils finiront dans un conteneur au milieu de Saint-Louis-Cyr, que les jeunes des familles d'ouvriers se feront un plaisir de piller, à la recherche d'un vieux jeu vidéo abandonné par un fils de riche. En tant que propriétaire, madame Bruges-Robineau n'est pas obligée de participer au premier juillet, mais elle aime bien faire un geste symbolique chaque année, se débarrassant de quelque vieillerie inutile, afin de montrer qu'elle est solidaire avec les locataires. Elle se demande si quelqu'un, à Saint-Louis-Cyr, peut-être l'enfant carencé en vitamines d'un opérateur de machinerie, jettera un œil à la collection de prose canonique de son mari et y trouvera son compte.

✳

Alex, Sally, J-J-J-Jenny et Les Skills sont assis sur la chaîne de trottoir, ils boivent des quilles dissimulées dans des sacs de papier brun. Le vélo-remorque de Sally, patenté par elle-même, appelé le chariot du prolétariat, est stationné devant eux, attendant d'être rempli de meubles délaissés, récupérés dans les ruelles et sur les trottoirs. Le premier juillet va leur permettre d'accumuler assez de « trouvailles » pour meubler leur appartement. Le reste sera sablé, repeinturé, redécoré au pochoir et vendu en consignation dans une des nouvelles boutiques sur la rue Notre-Dame. Pour le moment, ils attendent, s'éventant avec des journaux, respirant les gaz d'échappement et la poussière soulevée par les camions.

✳

Il y a un moment à partir duquel faire des boîtes devient non plus une question matérielle, mais bien une question existentielle. Lynnie est assise sur le tapis persan au milieu du plancher, la dernière chose qui n'a pas été paquetée dans son appartement, et fixe une caisse de lait rose sur laquelle il

est écrit « cassettes de mix ». Jésus Marie
Joseph. Quinze ans de relations amou-
reuses, d'amitiés, de road trips, d'échanges
et de partys thématiques, et voilà ce qui lui
reste – une caisse pleine de cassettes qu'elle
ne peut pas écouter parce qu'elle n'a pas de
stéréo. La moitié des étiquettes a été effacée
ou déchirée, d'autres ont été masquées par
plusieurs autocollants successifs, rendant
absurde l'idée même d'étiqueter.

Elle prend une cassette dans la caisse
sur laquelle elle lit *qui va policer la police et
qui va maquiller la maquilleuse,* et elle se la
pose en équilibre sur le nez comme une paire
de lunettes antiques. Une question revient
la hanter : sera-t-elle ce genre de personne
qui accumule à l'infini les cassettes de mix,
juste au cas ? Pour une quelconque progéni-
ture encore inconnue, à peine concevable ?
Lynnie s'imagine en train d'expliquer le phé-
nomène à un groupe d'enfants un peu flou,
réuni autour du foyer.

– Fait que c'était comme ça que les gens,
dans ton temps, ils se disaient qu'ils étaient
intéressés ? demanderait l'un deux.

– Oui, répondrait Lynnie, mais fallait
que tu fasses attention. Fallait pas que ça
soit trop évident.

– Pourquoi ? s'exclamerait une autre,
une fille avec des boucles noisette qui ressemblerait beaucoup à la sœur de Lynnie.

– Bon, lui expliquerait Lynnie, suppo-
sons que Sébastien vient de me donner une
cassette qui commence avec la chanson

d'Éric Lapointe, celle qui dit *viens-tu danser un beau grand slow collé*. Est-ce que ça fait de Seb un gars plutôt cool ou un méchant gino?

Et tous ensemble, les enfants s'écrieraient, en chœur, «GINO»!

Non, Lynnie n'arrive pas à croire que c'est une raison suffisante pour conserver les mix. Mais comment pourrait-elle s'en débarrasser? Elle soupire. D'un mouvement sec du poignet, elle envoie la cassette dans la caisse de lait.

Elle sort une lettre de sa poche de jeans et la lit encore une fois, espérant par miracle que les mots se seront déplacés, métamorphosés. *Nous regrettons de vous informer qu'aucune unité n'est actuellement disponible... Soyez assurée que le bureau fait tout en son pouvoir pour remédier à cette malheureuse situation... Jusqu'à nouvel ordre...* Écrits sous l'en-tête de la Ville et signés par la mairesse Girofle elle-même. Lynnie lèche un de ses doigts et le passe sur la signature. L'encre ne tache pas. Une copie, donc. Bon, c'est aussi bien.

Elle regarde sa montre. Le nouveau locataire va arriver d'ici une heure.

Elle décide de s'abandonner à son triste sort. Elle laissera la caisse rose sur le trottoir. Elle emportera ce qui va rester, au moment où elle devra partir. Que la Bande des trouvailles choisisse ce que les enfants de demain sauront de ce qu'a été sa vie.

✳

Une famille de quatre relaxe sur le terre-plein gazonné entre les voies sud et nord de l'autoroute. Ils ont érigé un panneau artisanal fait avec une vieille patère et du carton, sur lequel on peut lire, en feutre noir, *Île Décarie*. Le panneau est décoré d'un grand palmier et d'un soleil souriant qui porte des lunettes fumées, un peu comme dans une annonce de jus d'orange. Les parents sont étendus dans des chaises de patio, la femme lit son *Journal de Montréal,* alors que les enfants, un garçon et une fille, sont assis dans la pelouse huileuse et jouent avec des pelles et des seaux de plage. Un vieux beagle se tient, haletant, à côté des chaises. Derrière les enfants, il y a une minitente, et à l'autre bout du terre-plein, il y a une bécosse.

– J'avais promis des vacances aux îles à ma famille, répond l'homme aux journalistes et aux curieux qui le lorgnent. Vu l'état de l'économie en ce moment, c'est tout ce qu'on a été capable de s'offrir.

Ils sont ici depuis cinq jours, mais ils disent qu'ils devront probablement lever le camp bientôt, en raison des menaces qu'ils ont reçues de la SPCA.

– C'est à cause du chien, dit la femme. Sa peau a un air presque croustillant et baigne dans l'huile de coco. Ils disent que ça l'expose à des niveaux dangereux de monoxyde de carbone.

Des deux côtés du terre-plein, les voitures s'étalent jusqu'à l'horizon.

*

Christophe ne s'en va nulle part. C'est ce qu'il dit aux nouveaux locataires – une famille d'Indiens catholiques du Nord, arrivant de Sainte-Amande – et aussi aux voisins, au propriétaire, aux équipes de la mairesse Girofle et à divers représentants des médias.

– J'ai travaillé des années pour être capable de me payer un logement comme celui-là. Vous savez combien de documents juridiques ça représente ? Un million. À peu près. Et tout ce que je voulais, c'était ça. Des plafonds hauts, des planchers de bois franc vernis récemment, des fixations de salle de bains en acier inoxydable. Est-ce que c'est vraiment trop demander ?

Il pointe une poignée de porte, apparemment lourde, en laiton sculpté.

– Regardez ça. J'ai commandé ça à un manufacturier en Belgique. Vente de faillite. Les dernières du genre. J'ai regardé un vidéo, j'ai appris à les poser moi-même. Et pourquoi, donc ? Pour les laisser à... à... une famille d'immigrants – prenez-le pas personnel, je suis sûr que vous êtes des bonnes personnes – qui a jamais entendu parler de Charles et de Ray Eames.

Christophe lève une main, l'approche de son front et se cache un œil, imaginant une statue d'un dieu aux multiples bras, ou un drapeau de prières multicolore, dans la fenêtre en coin où repose son fauteuil signé 1956.

L'un des adjoints de la mairesse Girofle se met à fredonner l'hymne du premier juillet, une chansonnette patriotique et réconfortante. Dans une situation semblable, il est censé énoncer les règlements du premier juillet et citer le poème du premier juillet, composé par le poète en résidence de la bibliothèque Mordecai-Richler, mais il croit personnellement que la musique est le médium idéal pour calmer les nerfs de tout le monde et convaincre les citoyens récalcitrants de mener leur tâche à bien. Cette fois, cependant, ça ne fait que raffermir le locataire sortant dans ses positions, alors que les nouveaux arrivants se pressent dans le vestibule, tout aussi obstinés.

– Je suis vraiment désolé, dit la mère de famille. Elle porte un manteau bleu poudre boursouflé, malgré la chaleur. Je sais pas ce qu'ils vous ont appris dans ce pays, mais ce fauteuil, ça a jamais été un Eames.

Christophe garde la main sur son œil et la regarde en mono.

– Pardon?

– Vous voyez comment il me regarde? ajoute la femme. C'est comme si un chien venait de lui adresser la parole. On se croirait à Hérouxville. Ramasse ta chaise Ikea et sors de ma maison.

Au coin de la bouche de Christophe, un petit muscle se met à vibrer.

– Je vais oublier ce dernier commentaire, dit-il, si vous avouez que vous sauriez pas reconnaître un Eames, même s'il s'arrêtait devant vous pour vous demander l'heure.

La femme croise ses bras et lève le menton.

– Ton derrière, je saurais pas, non, dit-elle.

Ses deux enfants se regardent et pouffent, pendant que plusieurs flashes de caméras fusent.

– Le premier juillet est une opportunité de croissance! dit l'adjoint. Le citoyen accueille le premier juillet comme un enfant accueille le nouveau jour, comme une pêche le matin, comme une gazelle courant dans la savane du Serengeti, étirant ses bois dans le soleil...

– Vous, fermez-la, dit la femme.

L'adjoint baisse la tête vers son bloc-notes.

– Écoutez, dit Christophe, oubliez le fauteuil. L'idée, c'est que...

C'est quoi, l'idée, en fait? Pour un instant, il n'arrive pas à s'en souvenir. Il se gratte la nuque et regarde par la fenêtre. Momentanément, il s'imagine au comptoir des retours d'un immense magasin à rayons, en train d'argumenter avec un employé à propos d'une machine à espresso qui était déjà brisée quand il l'a sortie de sa boîte. Et, brusquement, les camions alignés, rampant dans la rue, avançant d'un pouce par minute, lui font retrouver la mémoire.

– C'est juste que, dit-il, je veux dire, est-ce que c'est vraiment nécessaire, tout ça?

À peine les mots sont-ils sortis de sa bouche que la discussion est terminée.

– Nécessaire? dit un autre adjoint, une jeune femme aux cheveux noirs et bouclés. Le premier juillet est loin d'être une question de nécessité. C'est une question de devoir civique, une déclaration d'amour à notre ville. Qu'est-ce qui est nécessaire? Selon quels standards? Est-ce qu'on a besoin d'arc-en-ciel pour vivre? D'ombres? D'ongles? Et pourtant, est-ce qu'on pourrait imaginer la vie sans leur présence?

Elle est quand même assez convaincante, pense Christophe, et cette distraction passagère permet à la nouvelle locataire de se faufiler dans le salon, derrière lui, et de laisser tomber à grand bruit sa lourde valise de cuir.

C'est bel et bien un Eames, Christophe le sait, mais la notion se fait de plus en plus abstraite dans sa tête, comme si la provenance du fauteuil reposait sur le bon vouloir du voisinage, des adjoints et des médias, plutôt que sur le sceau d'authenticité apparaissant sur le cuir tendu en dessous du siège. Il faudra qu'il y croie encore plus fort, la prochaine fois.

✳

Quand Lynnie apporte un nouveau lot de cochonneries à jeter sur le trottoir, elle

voit ce qu'elle avait prévu voir : une jeune
femme en chandail bedaine vert néon et
vêtue d'une bonne vieille salopette, les cheveux noirs et râpeux tirés en queue-de-rat,
est en train de fouiller dans la caisse de
cassettes. Lynnie se racle la gorge, presque
involontairement.

– Hé, dit la jeune femme, en levant les
yeux. C'est les tiennes ?

– Yep, dit Lynnie.

– T'as, genre, tous les albums des
Georges Stalingrad là-dedans.

– Une vraie fan, dit Lynnie, en déposant
une boîte contenant des tasses ébréchées
et de la vaisselle craquelée juste à côté de
la caisse.

– Ça fait des années que je les ai pas
écoutés, dit la femme. Ça rockait. Pourquoi
tu t'en débarrasses ?

– Ben... fait Lynnie.

La réponse à cette question lui semble si
compliquée qu'elle ne sait pas par où commencer.

– Premier juillet, c'est ça ?

– Ouais.

– Pis tu voulais pas les emporter avec
toi à ton nouvel appart ?

– J'ai pas de nouvel appart.

La femme prend le temps de réfléchir.

– C'est poche, dit-elle.

– Mets-en, dit Lynnie.

La femme penche la tête et fixe le soleil
pendant un instant. Puis, elle se retourne
vers Lynnie, les yeux toujours plissés.

– Comment tu t'appelles ?

– Lynnie, dit Lynnie.

– Sally, dit Sally. Peut-être que je pourrais t'aider.

*

Philippe embraye et passe en deuxième. Il entend ce son encore une fois, celui qui ressemble à des dents qui grincent, qui vient de quelque part à l'intérieur du camion, à peu près où seraient situés ses reins si l'engin avait un système digestif comme une personne, ce que Philippe ne croit pas totalement impossible, après tout. Allez, mon chum, pas aujourd'hui. N'importe quand, mais pas aujourd'hui. Le premier juillet, un bon déménageur comme Philippe peut faire assez d'argent pour se permettre de passer le reste de la saison à relaxer comme un gros bonnet, mais pas si son camion décide de le lâcher.

À la radio, ils passent un étrange assortiment de musique militaire et de pop bonbon des années 1960 ; il change de poste et il arrive sur la chaîne communautaire juste à temps pour entendre la fin d'un rapport sur les accrochages entre les locataires et les équipes de la Ville. Des adjoints de la mairie ont été aperçus, utilisant des tactiques discutables, comme des bombes puantes ou du techno à fort volume, pour déloger des résidants récalcitrants. *Ça ne se retrouvera pas dans les dépliants de la Ville,* pense Philippe, si tu veux son avis. Le journaliste enjoué et juvénile prétend que cette nouvelle cuvée d'adjoints aurait été entraînée dans les mêmes institutions militaires que certains gardiens qui travaillent dans un camp de détention pour terroristes notoires, mais ça a l'air un peu tiré par les cheveux.

Philippe repense à la conversation qu'il a eue avec cet homme au visage de blaireau, qu'il a reconduit du Miracle jusqu'à la maison. Argent facile, lui avait promis l'homme-blaireau. À quelle fréquence tu utilises ton camion, de toute façon ? Une fois par mois ? Tu sais c'est quoi, ce que je te propose ? C'est de l'immobilier de grande valeur, viable ; c'est ça que je te propose. Les mots traversent l'air et se dirigent vers Philippe, surfant sur des vagues de vodka tonique. Des mots graisseux pour un homme graisseux.

Il vérifie son GPS et se stationne un bloc à l'ouest de sa première adresse de la journée. Le camion s'arrête directement en dessous d'un échangeur, à l'entrée de Saint-Louis-Cyr. Il se glisse à l'extérieur de l'engin et se rend à l'arrière, soulève la serrure et ouvre grand la porte de métal.

– OK, dit-il, on sort, c'est le temps. Bonne chance et tout et tout.

La famille dans la boîte du camion se retourne et cligne des yeux en le regardant, à l'unisson, comme une famille de hiboux. Ils se sont patenté un petit réchaud de cuisson, ce qui est loin d'être cachère, mais il ferme parfois les yeux sur ce genre d'incartade, contrairement à d'autres déménageurs qu'il pourrait nommer, des chasseurs de prime, etc., qui n'hésitent jamais à dénoncer une famille de sans-papiers. Ils sont tellement couverts de suie et de crasse que c'est difficile de dire ce qu'ils sont exactement.

– Envoyez, dit-il, sortez de là. J'ai une famille de quatre à déménager dans dix minutes. Décrissez.

Philippe n'est pas plus impatient qu'un autre, mais sérieusement. Ça fait un mois qu'ils vivent là-dedans. On aurait cru qu'ils se seraient piétinés les uns les autres pour enfin pouvoir sortir. En plus, il doit avouer que le dessous de cet échangeur le stresse au plus haut point. C'est clair que l'homme-blaireau ne le paye pas assez pour ce contrat.

La petite fille, au fond du camion, lui montre ses dix doigts. Elle ferme ses poings, puis les ouvre, elle le refait encore une fois. Trente jours.

– Ouais, dit-il. Ouais, ouais, ouais.

*

Le conteneur de Saint-Louis-Cyr déborde aujourd'hui, et Alex doit faire attention où il marche, alors qu'il se fraie un chemin jusqu'à la boîte de métal. Il porte des gants de jardinage qui viennent du Dollarama, et un foulard mauve couvre son nez et sa bouche. Le conteneur a la taille d'un wagon de marchandise – en fait, les graffitis peints sur le côté permettent de supposer que c'*était* effectivement un wagon, avant de se retrouver au beau milieu d'un terrain vague sous l'échangeur, prêt à recevoir les rebuts de la ville. Les Skills prétendent que certains tags sont originaires de la côte Ouest, alors que d'autres portent clairement la signature de Chicago.

Sally pointe un chat sur un skateboard, dessiné en aérosol sur le côté du conteneur, dans des teintes de jaune migraine et de rose mal de mer.

– Je connais ça, dit-elle. C'est du Miladee, première vague. Elle était une des membres fondatrices des Filles tagueuses auxiliaires de Boston.

– Pis? dit Alex, en examinant la tranche d'un livre de poche.

David Copperfield, de Dickens, dans l'édition des classiques de Harvard. Il commence à le glisser dans son sac à dos, mais le ressort aussitôt.

– Pis, ben elle est tombée d'un wagon, il y a une couple d'années. Elle a perdu une jambe. Paraît qu'elle a peint une énorme murale sur un des murs de la clinique de physio, pis elle a disparu.

– Bizarre, dit Alex.

Il ouvre le livre, lit l'*ex-libris* sur la page de garde. Une sensation le traverse, comme un doigt glacé frôlant son cou, et il frissonne dans la chaleur.

– Qu'est-ce qu'il y a? dit Sally.

– Rien, dit Alex. Des allergies.

Il lance le livre aux Skills en disant:

– Mettez-le dans la pile pour Welch.

– Ça s'en vient ! dit J-J-J-Jenny.

Et ils l'entendent tous : le grondement stable et lointain, accompagné d'un sifflement aigu, comme de l'air sous pression qui s'échappe. Puis le tube au-dessus de la tête d'Alex se met à vibrer, et le grondement se transforme en martèlement. Alex saute dans un coin du conteneur, s'accroupit et se protège la tête. Le couvercle du tube s'ouvre d'un coup en rugissant, dans un souffle d'air chaud, et régurgite une volée de matériaux et d'objets – du bois, du tissu, du papier, des coussins, des livres – qui s'écrasent sur la pile. Les murs du conteneur tremblent, puis s'immobilisent. Alex se relève en toussant et des particules de poussière, des plumes et des morceaux de duvet, volettent autour de lui. Sa chemise est recouverte de petites boules de styromousse collantes.

– Wô, dit Sally. Grosse journée.

Elle grimpe sur l'un des rebords du conteneur et, prenant la main d'Alex, envoie une jambe, puis l'autre, dans la pile de déchets. Elle se penche en faisant attention et commence à se frayer un chemin dans un amoncellement de DVD. L'odeur émanant du conteneur est moins animale ou végétale que poussiéreuse et chaude. Ça lui rappelle l'odeur d'une usine, peut-être, un de ces endroits où des choses sont produites, où l'huile et la sueur font rouler la machine. Elle ferme les yeux.

*

Une foule se déplace à pied, au milieu du trafic, dans le Vieux-Port. Ils brandissent des drapeaux et des pancartes. Ils battent le tambour et jouent de la flûte, et l'un d'entre eux y va parfois d'une série de notes résonnantes sorties d'un tuba. Certains sont habillés de noir de haut en bas, certains portent des cuissards fluo et des tuniques néon, et d'autres ne portent rien de spécial. Les voitures klaxonnent en les dépassant, par frustration ou par solidarité, et chaque coup de klaxon crée une explosion de joie, quelles que soient les intentions du conducteur. La mêlée se déplace vers les bureaux de la mairesse, c'est la manifestation annuelle en opposition au premier juillet.

Christophe marche rapidement vers le centre de la foule. Il n'arrive pas à tenir confortablement sa pancarte. D'abord, son bras droit se fatigue, puis son bras gauche, et quand il utilise ses deux mains, ce sont ses épaules qui se mettent à forcer. Il essaie d'appuyer le bout de bois sur une épaule, comme un fusil, mais le coin du carton n'arrête pas de se prendre dans les longs dreds de la fille qui marche à côté de lui.

– 'Scuse, dit-il.

– Pas de trouble, réplique-t-elle.

Il baisse sa pancarte et tente de s'en servir comme s'il s'agissait d'un bâton de marche. La foule commence à scander.

– LOCATAIRES TOUS UNIS, CONTINUONS LE COM-BAT !

– À QUI LES DOMICILES ? À NOUS LES DOMICILES !

– OUBLIE ÇA, ON BOUGE PAS !

À mesure que la foule approche de l'hôtel de ville, le rythme des tambours s'accélère et monte d'intensité, et les slogans chantés se déforment et se noient dans un vacarme généralisé de cris et d'exclamations. Quelqu'un souffle dans un sifflet, directement dans l'oreille de Christophe. Il passe un doigt entre son cou et son col de chemise. Le temps est humide et collant. Il se dit qu'il aurait mieux fait d'enfiler quelque chose de plus léger en sortant de la maison, au lieu de garder cette chemise, et cette veste lourde, mais tous ses vêtements étaient déjà dans des boîtes, et il était pressé.

Un jeune homme, grand et mince, avec un chandail rose et un foulard mauve lui tend un dépliant annonçant un party du premier juillet, qui aura lieu dans un loft sale, quelque part dans Saint-Louis-Cyr. Il remercie le jeune homme et plie le tract pour le mettre dans sa poche.

Devant l'hôtel de ville, des cordons de police ont été déployés pour contrôler la foule. Toute la Zone de Liberté d'Expression et de Contestation est entourée par les agents de la police antiémeute qui ressemblent à des jouets maladroits avec leurs boucliers et leurs casques. La foule, se déplaçant en mouvements fluides comme un troupeau, passe tout droit devant la ZLEC et continue le long de la rue. Au-dessus de la tête des protestataires, quelques adolescentes se tiennent sur le balcon d'un condo en verre et en acier, frappant fort sur des casseroles et des poêlons en saluant la foule. Certains marcheurs répondent en applaudissant et en levant le poing. La femme aux côtés de Christophe baisse son foulard.

– Yuppies! hurle-t-elle. Crisses de vendus de proprios! Si vous êtes avec nous à ce point-là, pourquoi vous êtes pas ici en bas?

Les filles sourient et envoient la main. L'une d'elles fait des bulles avec du savon et une petite baguette de plastique rouge.

Le soleil apparaît soudainement sur le côté de l'immeuble, et Christophe regarde ailleurs. Il pense aux boîtes de vêtements, de livres et de vaisselle, empilées sur le siège arrière de sa voiture, toujours stationnée en face de son ancien appartement. Il ne savait pas quoi faire avec le fauteuil Eames, alors il l'a laissé sur le trottoir près de la voiture, après avoir collé une feuille dessus, sur laquelle il a écrit PUNAISES en grosses lettres majuscules. Ça devrait suffire pour décourager la Bande des trouvailles. La nouvelle famille de locataires a sans doute déjà terminé d'effacer toute trace de son passage, ils ont lavé les interrupteurs, le miroir de la salle de bains, les montants des portes : tous ces endroits où des particules de lui-même s'étaient accumulées et avaient vécu. La maison sera impeccable, ça sentira l'étranger.

La foule s'est arrêtée. La femme aux dreds est en train de faire une danse étrange, syncopée, toute en coudes et en genoux, balançant sa tête d'un côté et de l'autre et soulevant ses grosses bottes de travail de façon rythmée. Un homme grimpe au sommet d'un feu de circulation, enlève son t-shirt d'une seule main et l'agite comme un drapeau. Christophe blêmit à la vue des mamelons gonflés et du torse blanc moisi de l'homme, mais il l'envie quand même de se dévêtir comme ça. Il sort sa chemise de ses pantalons et envoie un sourire crispé à la femme, qui lui renvoie un coup d'œil amical, mais un peu suspicieux. Elle se demande probablement s'il n'est pas un agent double.

– On dirait bien qu'ils ont réussi à nous encercler, dit la femme, pointant l'escouade antiémeute avec son menton.

– Ouais, reconnaît Christophe, rassuré par l'utilisation du *ils* et du *nous*, qui l'inclut dans le corps animal de la foule.

Il se laisse entraîner, comme dans un bain chaud ou une immense accolade. La femme hausse les épaules, ouvrant les bras, les soulevant un peu, dans un geste mêlé de résignation et de résolution. Elle roule ses yeux et fait une jolie steppette, les mains sur une cane invisible. Christophe la regarde s'éloigner jusqu'à ce qu'elle disparaisse entre une dame aux cheveux gris et une effigie en papier mâché de la mairesse. Quelques

instants plus tard, il sent les premiers pince-
ments du canon à eau à l'arrière de sa tête.

*

La première chose que Lynnie remarque
en entrant dans l'appartement de Sally, c'est
un chat gris pelotonné dans un superbe fauteuil de cuir. Sally soulève le chat, qui pro-
teste en miaulant, et se laisse tomber dans
le fauteuil.

– Ahhhh! dit-elle, rien de trop beau
pour la classe ouvrière.

– Beau sofa, dit Lynnie.

– Mets-en, hein? C'est un vrai. Je veux
dire... Sally se racle la gorge. Je veux dire,
c'est un vrai meuble de designer. Minima-
lisme, années 1950. Je pourrais avoir un bon
prix sur eBay, mais je sais pas.

Elle se dandine les fesses et le fauteuil
gémit faiblement, comme un animal en
train de rêvasser.

– Je suis un peu en amour avec.

– Où est-ce que je peux mettre ça? dit
Lynnie, désignant la boîte qu'elle tient dans
ses bras.

– Oh! La chambre est de l'autre côté de
la cuisine. Les colocs sont pas encore revenus de leur expédition de ramassage, fait
comme chez toi. Un de nos amis était supposé la prendre la semaine passée, mais finalement, il s'est poussé au Yukon pour
étudier la taxidermie, fait que...

La voix de Sally diminue à mesure que Lynnie s'avance dans le long corridor.

Sur l'un des murs de la cuisine, quelqu'un a tagué les mots *Amour & Misère* en lettres attachées de couleur bleu bébé. Lynnie examine la porte du frigo, comme elle a l'habitude de le faire quand elle se trouve dans une maison inconnue. C'est comme une plage, où toutes sortes de détritus se retrouvent, et ça permet de savoir dans quel genre d'environnement on a échoué. Il y a des flyers dessinés à la main ou faits avec du Letraset annonçant des groupes avec des noms comme Anxiété de Performance et Le Péril Jaune, des coupons-rabais expirés du Dairy Queen, la grille de programmation de la radio communautaire locale, des photos floues de quatre ou cinq personnes s'entassant dans une cabine. Il y a un autocollant TIBET LIBRE; les mots « avec tout achat de plus de cinq dollars » ont été ajoutés au feutre noir, juste en dessous.

– Fait que, comment ça se fait que vous avez pas été obligés de déménager, vous autres? crie Lynnie à travers l'espace caverneux de la cuisine. Y en a un de vous autres qui est proprio?

– Non, dit Sally, on squatte. Quelqu'un a déjà eu un bail, ici, mais... Elle ne termine pas sa phrase. J'imagine qu'on attend que quelqu'un nous remarque, et qu'on espère un peu que ça va pas arriver.

– Je vois ce que tu veux dire, dit Lynnie, même si elle ne voit pas du tout.

– Je te fais faire le tour, dit Sally.

Elle montre à Lynnie le jardin à l'arrière (des tomates et des poivrons dans des seaux, des pois mange-tout et des haricots grimpants sur des treillis faits maison, des herbes pour cuisiner et pour concocter des remèdes), les toilettes converties en chambre noire avec des bassins pour les photos et pour les sérigraphies, la pièce « pour relaxer » remplie d'outils et de vélos à moitié démontés, et l'atelier, où des meubles reposent, à différentes étapes de leur transformation : sablage, teinture, décapage, sur un plancher recouvert de papiers journaux. La pièce empeste le vernis. Lynnie se souvient de quelqu'un sur un plancher de danse lui passant une petite bouteille de nitrite d'amyle et lui expliquant comment sniffer : elle se rappelle l'impression de déchirement sucré de sa cavité nasale, la sensation nauséeuse de bien-être, et le mal de tête. Elle se sent un peu gelée, juste à se tenir là, dans le cadre de porte.

– Je le sais, ça pue en sale, dit Sally. Alex avait commencé à patenter un système de ventilation, mais il a comme été distrait par autre chose. Ta chambre est quand même assez loin, mais si ça te cause un problème...

Sally a tendance à laisser s'estomper ses phrases, c'est comme si elle n'avait jamais l'intention de les finir.

– Pas de problème, dit Lynnie.

*

D'un poste à l'autre, les nouvelles sont les mêmes. Émeutes, arrestations de masse, gens en colère qui hurlent dans les rues. Chaque année, à chaque poste, la même série d'images en boucle, comme une sorte de rituel. Le même camion en feu apparaît encore et encore, comme si c'était le nouveau symbole de l'événement. Le même chauffeur en pleurs parle au journaliste hors champ : les mêmes mots, les mêmes gestes de désespoir et de frustration. Madame Bruges-Robineau n'entend pas les mots, mais elle comprend le gros du message. Ses doigts sont luisants et graisseux à cause du beurre de son popcorn et elle les lèche distraitement. La manette de la télé est aussi sur le point de reluire, des dépôts de gras saturé se sont accumulés autour des boutons, mais la femme se retient de la sucer comme un Popsicle.

Elle change de poste, puis elle revient rapidement au poste précédent. Elle remet le son.

– … notre unique moyen d'expression démocratique en ce moment, dit un jeune homme.

Il se fait interviewer en face d'un des immeubles de verre du Vieux-Port, qui ressemblent à des lunettes fumées aux verres miroirs. En bas de l'écran, son nom apparaît, Alex Prole (*Ah !* pense madame Bruges-Robineau, *elle est bonne, celle-là*), suivi de l'acronyme de l'organisme auquel il est affilié, une espèce de regroupement de locataires.

Il est grand et mince, il porte une chemise rose fade et un foulard mauve autour de son cou. Ce qui frappe madame Bruges-Robineau, c'est à quel point, malgré toutes les prédictions, il lui ressemble plus à elle qu'à son père. Alex répond encore à quelques questions, et les nouvelles traitent ensuite d'un autre secteur de la ville, une banlieue où deux familles se crient après pendant que les équipes de la mairesse et les voisins les observent. Madame Bruges-Robineau zappe quelques minutes, espérant revoir l'extrait d'Alex, mais tout ce qu'elle trouve, c'est le camion en feu, des annonces, et, maintenant que le soleil s'est couché, l'assortiment habituel d'offres pour la télé à la carte.

Elle pense à faire un chèque au nom de l'association que représente Alex; comment ça s'appelait? Il n'accepterait jamais de l'argent venant personnellement d'elle, elle le sait bien, depuis qu'elle a reçu une enveloppe contenant un chèque déchiré accompagné d'un pamphlet marxiste, mais peut-être qu'elle pourrait faire un don à son groupe; c'était quoi, leur nom? Il ne pourra pas refuser ça. Elle se lève pour aller chercher sa sacoche, s'arrête pour flatter le chat. Elle a déjà oublié le nom.

Le dernier homme

J e vivais à l'appartement depuis environ un mois quand on a cogné à la porte.

– À ta place, je répondrais pas, a dit mon coloc.

Mais j'avais déjà parcouru la moitié du chemin. Ils avaient sûrement entendu le bruit de mes pas.

À la porte se tenait une toute petite femme en salopette, avec un t-shirt bleu.

– Est-ce que je pourrais utiliser votre téléphone?

Je lui ai tendu mon cell et j'ai écrasé le chat avec mon pied pour l'empêcher de se faufiler dehors.

– Désolé, ai-je dit à la femme.

Elle m'a fixé sans rien dire, le téléphone collé sur la tête. Elle n'avait pas l'air d'avoir composé de numéro, mais je n'avais pas porté attention. Elle a secoué la tête et m'a rendu mon téléphone en regardant nerveusement aux alentours. Elle avait l'air en détresse ou bien gelée. Le chat s'est libéré de mon emprise et j'ai essayé de le rattraper encore une fois. La femme n'avait pas l'air de vouloir s'en aller, alors je lui ai demandé de rentrer pour que je puisse fermer la porte. Elle s'est inclinée et m'a parlé dans la face.

– Mon bébé. Il s'est fait mal, faut que je l'emmène à l'hôpital.

Il lui manquait plusieurs dents, et plusieurs autres étaient en or, ternes.

– Voulez-vous que j'appelle une ambulance ?

– S'il vous plaît, non, pas d'ambulance.

Je n'arrivais pas à identifier son accent.

– Je peux pas payer une ambulance. S'il vous plaît, monsieur, mon bébé s'est fait mal.

– Il est où, votre bébé ?

– Faut que je l'emmène à l'hôpital. En taxi.

Elle a regardé mon équipement d'enregistrement, visible par la porte ouverte de ma chambre. Ce n'était pas la top qualité, mais pour une cockée comme elle, ça devait avoir l'air du Taj Mahal.

J'ai allumé.

– OK, ai-je dit, combien ça va me coûter pour vous faire sortir de mon appartement ?

Elle est restée interloquée un moment.

– Vingt piasses.

J'ai lancé le chat dans la salle de bains et j'ai fermé la porte. Quand je suis revenu avec l'argent, elle oscillait légèrement et elle fredonnait.

– Tout ce que j'ai, c'est un dix.

Elle l'a pris et a hoché la tête.

– Je te le rembourse demain.

J'ai refermé la porte, alors que j'entendais encore le son de ses pas dans la cage d'escalier.

J'ai ouvert le clapet de mon téléphone et j'ai vérifié la liste des appels récents. J'ai choisi le dernier en date et j'ai appuyé sur le bouton vert. Étonnamment, la connexion s'est faite. J'ai laissé sonner une dizaine de fois et j'ai fait claquer le téléphone. Mon coloc roulait un joint sur le sofa.

– Quelqu'un que tu connais? m'a-t-il dit.

– Yep.

Le reste de la journée s'est déroulé dans une sorte d'ondulation plaisante, comme sur une route côtière californienne, au volant d'une grosse Cadillac, avec n'importe quoi à la radio, et avec les falaises d'un côté, et l'océan vert et meurtrier de l'autre.

✻

Vers trois heures du matin, mon cell a sonné. D'habitude, soit ce sont de mauvaises nouvelles, soit c'est mon cousin Micah qui appelle pour dire qu'il est en ville.

– Allo.

– Tu m'as appelé? a dit une voix d'homme, à l'autre bout.

– Je pense pas, non.

– Ben, y a quelqu'un qui m'a appelé à ce numéro-là. Deux fois.

J'ai réfléchi vraiment fort, me frayant un chemin hors du sommeil. Quelque chose à propos d'une ambulance, de l'argent, mon argent.

– Tu me dois dix piasses, ai-je dit.

– Quoi? C'est-tu Mario? Tabarnak, je te l'ai dit, Mario. Je te l'ai dit 1 000 fois. Appelle-moi pas à ce numéro-là.

– C'est pas Mario. Mais tu me dois quand même dix piasses.

– Oublie ça, tabarnak, a dit le gars, mais il avait l'air un peu troublé.

J'ai dit :

– Comment va le bébé ?

– Quel bébé ?

– Le bébé. Le bébé qui devait aller à l'hôpital.

– C'est-tu des menaces ?

– Ouais, c'est des esties de menaces, ai-je dit, en improvisant.

– À qui je parle, tabarnak ?

– À quelqu'un qui veut ravoir son dix piasses.

– Écoute, mon gars, je sais pas si t'est-t-un ami à Mario ou ben quoi, mais tu m'arrives de même avec des menaces, tu sais pas à quoi tu joues. Va chier.

– Non, toi, va chier.

Je commençais à m'ennuyer. J'ai fait claquer le téléphone et je me suis rendormi. Il a sonné presque immédiatement, alors j'ai coupé le son.

Le lendemain, en me levant, j'ai ouvert le téléphone et j'ai écouté le son de la tonalité. Mais évidemment, il n'y avait pas de son. Ça n'existait plus depuis longtemps, le son de la tonalité.

J'avais 33 appels manqués, tous venant du numéro mystère. Il y avait 14 messages dans ma boîte vocale. Les trois premiers, c'étaient des envolées de sacres. Le reste, des fouillis de sons étouffés. Le gars avait probablement passé la nuit à m'appeler sans le vouloir avec son cell dans sa poche. J'ai allumé une cigarette et j'ai appuyé sur *Effacer* 14 fois.

Mon coloc était déjà installé sur le sofa, en train de jouer à un jeu sur un Nintendo 64 qu'il avait trouvé dans une ruelle. Il m'a lancé une bouteille de liqueur sans même me regarder. La radio était allumée et une femme avec un accent gros comme le bras animait une ligne ouverte. Le thème : « Pour ou contre les chandails pour chiens. »

J'ai dévissé le bouchon de la bouteille, puis j'ai utilisé un couteau à beurre pour déloger le petit rond de plastique collé dans le fond. Jackpot, s'il vous plaît.

– Qu'est-ce que ça dit ? m'a demandé Brendan.

– Meilleure chance la prochaine fois. Jouez de nouveau.

– Ouin, ils ont le « jeu » facile, a-t-il dit.

Je suis descendu pour aller chercher le courrier. Une enveloppe blanche 11 par 14 était enfoncée dans la petite boîte, malgré l'avertissement en rouge étampé dessus qui disait *Ne pas plier*. Je l'ai apportée en haut.

– C'est quoi ? a dit Brendan.

– Mon diplôme.

J'ai ri et je me suis dirigé vers ma chambre.

Quand j'approchais l'enveloppe de la fenêtre, je pouvais vaguement percevoir, dans la lumière, les mots écrits en latin, et mon nom, juste en dessous. Le chat se tenait dans le cadre de porte, attendant que je dépose l'enveloppe par terre pour qu'il puisse s'asseoir dessus.

– Est-ce que tu serais pas, par hasard, la créature la plus spéciale de l'Univers ?

Probablement, semblait-il me répondre.

✳

Ce soir-là, moi, Brendan et Renaud, le concierge de l'immeuble, on est allés prendre un verre au Miracle. C'était le genre de soirée où on savait qu'on allait sûrement voir des gens qui auraient l'air d'être célèbres. Renaud a commandé un drink rose et mousseux pour une fille avec une nette marque d'autobronzant dans le cou. Un gars louche s'est assis à côté de moi et m'a demandé s'il pouvait avoir une gorgée de ma bière. Il avait probablement à peu près mon âge, 28 ans, mais il avait l'air d'en avoir 55.

– Dis-moi donc, la nuit, là, c'est un moment, un endroit, ou une chose ? a-t-il dit.

– C'est un nom, ça, c'est sûr, en tous cas.

– C'est un *état d'esprit*, a dit Renaud.

Le Miracle n'avait pas de permis de bar, alors Maryse, la propriétaire, nous servait habituellement une sorte de buffet d'appoint avec les drinks, une moitié de bagel avec une pomme en tranches, ou une poignée de chips avec des morceaux de Babybel. Ensuite, elle s'en allait dans sa chaise berçante, dans un coin, et elle somnolait, le col roulé remonté, couvrant la moitié de son visage. Ce soir, c'était une tortilla sèche avec un bol de salsa. Maryse a haussé les épaules comme pour s'excuser en déposant les assiettes devant nous.

– L'économie, tsé, a-t-elle dit.

Elle portait un t-shirt qui disait *Je suis tout un numéro*.

On a fumé des cigarettes qui viennent en deux parties, les filtres à part. Tu les complètes toi-même et tu sauves un dollar. On connaissait un gars qui connaissait un gars qui, une fois, avait ouvert son paquet pour se rendre compte que les deux sections étaient remplies de cigarettes, pas de filtres. C'était sans aucun doute la chose la plus excitante qui lui était arrivée cette année-là. Dans chaque paquet, il y avait toujours un peu plus de filtres que de cigarettes, et on les accumulait, en espérant qu'un jour, on serait nous aussi les heureux gagnants du match de la vie.

J'avais encore l'enveloppe avec moi. Je l'ai déposée sur la table, où elle s'est rapidement mise à ressembler à un drapeau olympique. À côté de nous, deux jeunes gars discutaient de la fameuse méthode pour veiller jusqu'à la toute fin, quand les bars sont sur le point de fermer, et que tu peux enfin repartir à la maison avec la fille la plus saoule de la place.

– Je connais ça, cette méthode-là, a dit un des gars. Ça s'appelle « Le dernier homme ».

– Non, pantoute, a dit son ami. Ça s'appelle « Sortir les vidanges ».

– « Le dernier homme ».

– « Sortir les vidanges ».

Brendan s'est levé pour aller brasser le juke-box, qui jouait surtout des chansons françaises mielleuses. Je savais ce qu'il allait mettre, et je l'haïssais un peu à cause de ça. Je nous haïssais tous les deux.

À l'autre bout de la pièce, j'ai aperçu la femme qui me devait de l'argent. Elle était assise au bar avec un grand blond qui ressemblait à un des Norvégiens dans *Twin Peaks*. Je me suis approché d'elle et je lui ai tapoté l'épaule.

– Je sais ce que tu vas me dire, a-t-elle dit. Son accent avait disparu.

– Comment va le bébé ?

Elle a ri. La chanson de Brendan a commencé – les Eagles. J'ai dit :

– Veux-tu danser ?

Elle a souri et elle est venue dans mes bras. Elle était plus grande que je l'avais cru au départ ; sa tête m'arrivait pile sous le menton.

– J'ai reçu mon diplôme aujourd'hui, ai-je dit. Une maîtrise en science politique.

Elle a ri, encore une fois. Brendan s'est mis à chanter les paroles.

Cavalier, passe ton chemin

Hall était mourant; Alex ne croyait pas qu'il allait passer la nuit, alors il s'est assis avec lui, essayant de le faire boire un peu, caressant sa tête et murmurant de petites absurdités réconfortantes. Il avait restreint l'entrée à la salle mortuaire, comme il disait, insistant pour que ses colocataires enlèvent leurs souliers et baissent le son de leur musique. Même si Hall résistait jusqu'au lendemain matin, ça ne serait pas long. Les tumeurs étaient aussi grosses que le Texas.

C'était à prévoir, les choses étant ce qu'elles sont, mais qu'est-ce qui allait arriver à Oates, maintenant?

Alex s'est senti faiblir en pensant à l'éventuelle solitude de Oates. Comme ces couples de petits vieux, ensemble depuis si longtemps qu'ils connaissent mieux le visage de leur partenaire que le leur, les deux rats étaient ensemble depuis la naissance et n'avaient aucune idée de ce que voulait dire être singulier, unique. On n'aurait pas été étonné d'apprendre que Hall pensait être un rat noir, et Oates, un rat blanc, alors que c'était le contraire. Bientôt, Oates n'aurait même plus la possibilité de se tromper; la notion même de sa propre identité allait disparaître en même temps que le corps de Hall serait retiré de la cage. Il dormirait seul dans son tas de copeaux, une grosse virgule blanche sans aucune réflexion, le dernier de son espèce.

Ils étaient cinq à vivre dans la maison, sept si on comptait les rats, ce que personne ne faisait, sauf Alex. Donc cinq, dans une sorte d'intimité chorégraphiée et précautionneusement maintenue. Chacun occupait le territoire des autres à la manière d'un résistant dans un maquis européen, à l'écoute de la moindre brindille fendue qui aurait signalé le désastre imminent. Ils connaissaient leurs routines respectives, les chaises craquantes et les ressorts des matelas, les chasses d'eau et le rythme de la vaisselle s'accumulant dans l'évier. Ils connaissaient leurs bruits de pas respectifs, chacun avait son propre caractère.

Une fois, en automne, Alex en a eu assez, il a déménagé dans une coop spécialisée pour les étudiants sourds. Là, ça serait aussi silencieux qu'une église ; il s'imaginait en train d'apprendre à méditer. Bien sûr, il y avait une faille sérieuse dans son raisonnement. Les sourds n'ont aucun problème à installer des tablettes, à passer l'aspirateur ou à courir quelques kilomètres sur le tapis roulant à minuit. L'immeuble n'était qu'une perpétuelle clameur de grondements, de grognements, de cris et de chuchotements,

de cognements sur une chose et de frappe-
ments sur une autre.

– Des fois, ils écoutent la télé pour l'image,
expliquait Alex, pis ils ont aucune idée que
le volume est au max. Pis là, tu te dis, bon, je
vais être obligé de cogner dans le mur. Mais
tout de suite après, tu réalises que...

Il est revenu la saison suivante, repen-
tant, avec une paire de rats secourus d'une
animalerie où ils étaient destinés à servir
de festin à un python de huit pieds.

– La folie de brosse d'Alex Prole, les
avaient appelés ses colocataires, même s'il
n'était pas saoul quand il les avait achetés, à
peine un peu buzzé, un état d'esprit qui
s'approchait plus de l'expansion que de l'in-
toxication.

Et ce soir, il était là, assis près de la cage,
une main à l'intérieur caressant les oreilles
de Hall, plus fines que du papier, des oreilles
qu'on utiliserait pour laver un anneau en or,
ou quelque chose de précieux qui s'abîme-
rait facilement, pendant que Oates rongeait
nerveusement des copeaux dans un coin.
Nerveusement, aurait-on dit, parce qu'après
tout, qu'est-ce qu'il aurait pu ressentir d'autre
que de la nervosité, 80 % de son éventail émo-
tionnel étant constitué d'anxiété. La cage
empestait légèrement, c'est vrai, mais c'était
une odeur franche, musquée, qu'Alex appré-
ciait, qui n'avait rien à voir avec l'halitose.

– Tellement, c'est exactement ça, a dit
Sally.

– Si ça venait de la bouche de Sara Brondsky, je suis sûr que tu triperais, a-t-il dit d'un ton accusateur, et elle a roulé des yeux en simulant un haut-le-cœur, tout en agitant autour d'elle un bâton d'encens, comme s'il s'agissait d'une relique sacrée.

Le seul autre animal de compagnie qu'ils avaient eu, c'était un hamster dont la sœur de quelqu'un ne voulait plus. Ils s'en servaient pour tondre la pelouse. Sally déposait la partie supérieure de la cage sur le gazon et laissait le hamster s'amuser. Chaque heure environ, elle déplaçait la cage un pied plus loin. Après une journée de ce régime, la pelouse devenait joliment inégale, toute en motifs, et le hamster devenait nauséeux et irritable. Un jour, quelqu'un a volé le hamster, laissant la cage vide. Qui faisait ça, qui faisait des choses comme ça ? se demandaient les colocataires. « Volé », c'était probablement un euphémisme.

Alex a levé les yeux pour voir Marcus, debout, dans le cadre de porte, tenant deux bouteilles de Cheval Blanc. Il en a tendu une à Alex, qui a secoué la tête. Marcus a soupiré et s'est enlevé le toupet du visage d'un mouvement sec du cou.

– En tous cas, lâche pas, mon vieux.

– Depuis quand tu dis « mon vieux », a dit Alex.

Mais Marcus était déjà reparti.

❋

Marcus et Alex se connaissaient depuis le secondaire un, ils avaient noué des liens autour d'un amour commun de l'absurde, aussi bien lu dans les livres que pratiqué dans la vie. Ils s'étaient rencontrés au club d'improvisation parascolaire, où ils avaient découvert qu'ils partageaient un rythme naturel, une sorte d'anarchisme organique un peu bugs bunnyesque. Alors que les autres jeunes vénéraient Nirvana et Skinny Puppy, leur maître et commandant s'appelait Samuel Beckett, suivi de près par Kafka et Tom Robbins. Comme de preux chevaliers, ils s'étaient juré de combattre un ennemi commun, la tyrannie de la platitude de l'esprit, composée essentiellement de leurs professeurs, de leurs parents, des moniteurs scouts, des figures d'autorité de toutes sortes, des téteux, des licheux, des morveux, des quêteux, des stooleux, des adorateurs de vedettes d'Hollywood, des fumeux de pot, des présidents et des présidentes de classes, des religions organisées, et des médias en général, à l'exception d'une poignée de radios communautaires et de quelques shows de télé qu'ils endossaient avec enthousiasme.

Un de leur jeu préféré s'appelait le Pendu de l'absurde ; inspiré du Pendu original, il comportait quelques modifications mineures. Toutes les réponses étaient composées de phrases sorties tout droit d'un livre de William S. Burroughs, ou de leur bienaimé Robbins, ou de nulle part. Par exemple :

Nymphes de petits chars. Garage bouton-
neux du Pandémonium. L'anarchie règne
chez les ouistitis. De plus, quand l'adversaire
choisissait une mauvaise lettre, au lieu de
dessiner une partie du corps ou un membre,
il fallait dessiner n'importe quoi : une oreille,
un banjo, un porc-épic. La partie se termi-
nait quand la phrase était devinée ou quand
toutes les lettres avaient été trouvées, ou
encore quand le dessin était jugé complet.
Dépendamment de la longueur et de la difficulté de la phrase, et de la patience du
joueur qui faisait le dessin, la partie pouvait
s'éterniser pendant une heure, ou la durée
totale de leur cours de chimie.

Un jour, au début de l'automne, Marcus
est allé chercher Alex pour qu'ils aillent ensemble aux auditions annuelles de l'équipe
d'impro. Alex était assis, le dos contre son
casier, le capuchon de son kangourou
presque complètement tiré sur son visage.
Il n'a pas bougé. Marcus a attendu.

– L'impro, c'est pour les licheux, a dit
Alex.

Marcus a attendu.

– Les vraies possibilités sont dans la rue.

Il a tendu une feuille à Marcus.

– Du cheerleading radical.

Alex l'a regardé d'en bas.

– T'es-tu game ?

Au début, ils se sont contentés de suivre
les manifestations et les marches, en retrait
et à l'arrière, mais ça n'a pas tardé avant
qu'ils ne deviennent des habitués des cortèges,

toujours aux premières lignes, chacun tenant une extrémité des grandes bannières,
ou jouant des cymbales ou du tuba, ou
s'échangeant le poids d'une immense figurine politique. Ils dégageaient un genre
d'énergie que tout le monde adore, même si,
entre eux, ils ne pouvaient s'empêcher de
travestir les paroles des slogans et des
chants, qu'ils trouvaient ennuyeux et
presque fascistes.

– Qu'est-ce qu'on veut ?
– Le surréalisme !
– Quand est-ce qu'on le veut ?
– Contenant !

Ils se sont inscrits à des universités différentes, Marcus à la plus prestigieuse et
ivy leaguesque, là où, disait-il à la blague,
ses camarades étaient trop privilégiés pour
se rendre compte qu'ils étaient des privilégiés. Alex est allé à l'autre université, celle
qui promettait une éducation axée sur « la
vraie vie », avec sa mosaïque d'étudiants en
art outrageusement cools, d'activistes grungy
et de magnats de la finance en devenir. Ils
ont trouvé ensemble un cinq et demi sur
deux étages, avec une énorme cour dans laquelle ils prévoyaient faire pousser leur
propre bouffe, construire une serre et organiser des feux de joie. Trois colocataires se
sont joints à eux – Sally, J-J-J-Jenny et
Lynnie.

Le bégaiement de J-J-J-Jenny était
égoïste, c'était une façon qu'elle avait trouvée
d'avoir trois fois plus de temps d'antenne.

Elle était enfant unique et chantait des tounes de comédies musicales dans la douche. Sally était une artiste de performance et Lynnie étudiait pour devenir sage-femme. C'est Sally qui est restée le plus longtemps et qui est devenue la plus amère, sans qu'on sache trop pourquoi. Des choses, qui auraient dû normalement être réconfortantes, comme le fait de voir les enfants des voisins grandir, la mettaient en colère.

– Il vient de me dire allo, a-t-elle dit une fois, pis j'étais déjà ici quand c'était un hostie de *poupon*.

Sally et Alex sont devenus proches très rapidement, ce que Marcus attribuait à leur homosexualité commune.

Marcus faisait encore du théâtre, il allait encore dans les manifs et, même s'il avait délaissé Tom Robbins, il avait gardé ses tendances anticonformistes. Il avait découvert James Joyce ; son nouveau mantra était *Je ne servirai pas*. Il l'avait écrit sur la page de garde de tous ses cahiers de notes à l'école, de grands cahiers aux couvertures tachetées en noir et blanc, et il avait prévu utiliser l'argent que ses parents lui donneraient pour sa fête pour se le faire tatouer, *non serviam*, à l'intérieur du poignet. Il se voyait comme une sorte de créature des eaux profondes, naviguant silencieusement au milieu d'une mer de néolibéraux transfuges de classes, de hippies fascistes et de professeurs doctrinaires, rattaché à rien, absorbant ce dont il aurait besoin pour exploser quand le temps serait venu, dans une éruption d'encre noire et de radicalisme. Quand est-ce que ça viendrait, et comment le saurait-il? Il n'en était pas certain, mais il attendait, ses tentacules étendus, souple et à l'affût, écoutant les vibrations des plaques tectoniques sous le fond de la mer.

Alex, de son côté, était devenu un idéologue. Ou du moins, c'est comme ça que Marcus le percevait. Il voyait son colocataire de moins en moins souvent. Quand ils étaient ensemble, Alex semblait distant et préoccupé; il commençait à avoir un air hagard et un regard frôlant le fanatisme. Il communiquait principalement à l'aide de feuillets photocopiés – il avait l'habitude de les tendre à ses colocs comme les jeunes gars musclés que Marcus voyait sur Sainte-Catherine, avec leurs flyers et leurs cartes de clubs aux noms violents comme Boom ou Pow. Rallyes, protestations, marches, manifestations, ateliers, sit-in, échanges, occupations, soirées-bénéfices et anti-bénéfices – ça volait autour d'Alex comme des pellicules. Marcus n'était pas indifférent aux nombreuses causes, mais il n'aimait pas être traité comme du trafic piétonnier dans sa propre maison. Parfois, en préparant le souper, il entendait la porte arrière s'ouvrir, et les bottes d'Alex qui traînaient sur le plancher du couloir. Marcus y allait d'un «ça va?», alors qu'Alex passait près de lui, et ne recevait en retour qu'un grognement indistinct, et n'entendait que le bruit d'une pile de rectangles multicolores photocopiés, déposées sur la table de la cuisine. Alex passait tout son temps au travail, ou avec ses rats. Marcus aimait aussi les animaux, mais il y avait quelque chose de malsain dans cette attitude, une sorte de regard vide, comme celui d'un saint ou d'un gourou.

Il ne servirait pas, non, mais qui donc, exactement ? Stephen Dedalus avait son Irlande, sa mère patrie miséreuse et infestée de curés, son propre père envahissant sa conscience comme un golem. En comparaison, l'enfance de Marcus semblait molasse et permissive : des parents progressistes de la classe moyenne qui l'avaient laissé faire ce qu'il voulait, une ville dont les mots d'ordre étaient *plaisir* et *excès* et *sans limites* et *pourquoi pas*, où Dieu était mort depuis longtemps, et où tout était permis.

Pour ce qu'il en savait, l'ennemi était si grand, si lointain et si omnipotent, qu'il en devenait indestructible, comme une montagne insurmontable. À chaque détour, il fourbissait ses armes, remplissait ses coffres. Mais Marcus ne se laisserait pas abattre, pas encore.

Je ne servirai pas. Je ne servirai pas. Je ne vais pas endurer ça. Non, je ne vais pas endurer ça, je ne vais pas endurer ça plus longtemps.

Et puis, il y a eu la semaine de la nageoire. Cette semaine-là, Alex, qui venait de décrocher de l'université, a conclu que la racine des problèmes de l'humanité se trouvait dans l'usage des pouces.

– Penses-y deux secondes, a-t-il dit. Les outils, la civilisation, l'esclavage, le capitalisme, la guerre. Tout ça, c'est pas possible sans nos pouces.

Il les faisait gigoter. Entreprenant une expérience de ce qu'il appelait le dépriviliègement digital, Alex a commencé à se scotcher les pouces avec du tape électrique. Sa dextérité ainsi réduite, il a vu sa vie se simplifier; il se sentait, disait-il, « libre comme une loutre ». Il était encore capable d'accomplir la plupart des tâches quotidiennes, malgré la lenteur et la difficulté accrue. Il pouvait marcher, taper sur un clavier, tenir une bière à deux mains, manger. Il ne pouvait pas prendre son vélo, utiliser un ouvre-boîte, se brosser les dents ou répondre au téléphone. Qu'est-ce que ça pouvait bien faire? Il désévoluait et c'était ce qui comptait. La semaine s'est transformée en deux semaines, et les extrémités du tape commençaient à s'effilocher. Ses mains se sont mises à coller, pleines de sueur, de crasse et de cheveux. Alex a commencé à mordiller le tape sans s'en rendre compte, comme un tic. Parfois, on le retrouvait assis, fixant le vide devant lui, une nageoire dans la bouche et l'autre entre les jambes, où un de ses rats la grugeait, en produisant de petits bruits de claquements avec ses dents ambrées. Ça faisait frissonner Marcus de voir ça.

Si tout allait comme prévu, il se dirige-
rait directement vers les programmes de
cycle supérieur et de là, vers un poste de
professeur ; avant longtemps, il aurait sa
permanence et pourrait s'immerger complètement dans la théorie. Il croyait qu'Alex
admirerait son plan de vie – que ce serait
quelque chose qui l'inspirerait, le motive-
rait à quitter son emploi au centre d'appels.
Mais Alex s'était montré indifférent,
presque inconfortable, chaque fois que
Marcus avait voulu aborder le sujet de son
avenir. Il se demandait si Alex pouvait être
jaloux. Et puis il repoussait l'idée bien loin ;
elle contenait une sorte de plaisir coupable,
c'était comme sentir un de ses propres pets.

✻

Alex marchait sur l'avenue Van Horne,
qui longe les voies ferrées séparant le Mile-
End et Outremont de Parc-Extension et la
Petite-Patrie. *C'est une ville de frontières,*
a-t-il pensé, Saint-Laurent marquant le
schisme est-ouest des Francos et des An-
glos, une phrase comme *à l'est de Saint-
Laurent* indiquant tout ce qui est étranger
à un émigré arrivant de l'Ouest de l'île : des
buanderies avec des thématiques comme
Elvis, des aînées aux permanentes mauves
portant des leggings tigrés. Van Horne, ou le
chemin de fer auquel il réfléchissait, divise
le Nord du Sud, le système compliqué de
clôtures et de viaducs créant un entonnoir

qui ralentit l'arrivée des jeunes hipsters adulescents, à la recherche de la dernière sensation, dans les cafés de la Petite Italie. À une certaine époque, la séparation devait servir à empêcher les immigrants de Montréal-Nord – les Haïtiens, les Pakistanais, les Éthiopiens, les Congolais, les Ghanéens, les Indiens, les Syriens, les Libanais, les Iraniens, les Jamaïcains – d'envahir le fief des premiers arrivistes du Mile-End, les Grecs, les Portugais, les Juifs ashkénazes, et les Québécois pure laine. Mais aujourd'hui, la barrière fonctionne à l'inverse, en refoulant les jeunes qui réclament le Nord.

Nommée en l'honneur du PDG qui l'avait fantasmée jusqu'à sa réalisation, Van Horne aurait dû devenir une avenue majestueuse remplie d'hôtels de luxe, de cafés-bistros et de microbrasseries. D'autres créations de Van Horne, comme l'hôtel Banff Springs, le Windsor Arms et le Reine Élizabeth, occupent leur territoire ferroviaire avec une grandeur ténébreuse. Mais l'avenue Van Horne, à Montréal, s'ouvrant sur une immense manufacture convertie en entrepôts, là où la rue se détache de Saint-Laurent en diagonale, s'étend sur un arc long, sans aucun charme ni éclat. C'était possible, notait Alex, de marcher des blocs et des blocs sur Van Horne sans jamais croiser le moindre commerce en activité. Que des usines, de vieux immeubles à logements apparemment abandonnés et des terrains vagues. Il y avait tellement de terrains vagues qu'on finissait par élaborer une taxonomie afin de les catégoriser dans un catalogue. Le terrain sauvage, avec de l'herbe à poux et du chou gras qui montent jusqu'à la taille. Le terrain invendu, parsemé de pancartes *À vendre*. Le terrain timide, le terrain défiant, le terrain ah-pis-on-s'en-sacre-tu. Le terrain qui ne sait pas qu'il est un terrain. Le terrain tout frais : jusqu'à la semaine dernière, il y trônait un immeuble, et maintenant, le voilà vide, aussi déconcertant qu'une tombe à peine creusée. Un carré de ciel vient d'être découvert, un espace antique qui n'avait pas été observé depuis 1936, l'année de la construction du building. Eh oui, ce petit bout de bleu a été parfaitement conservé, on ne peut pas le distinguer du reste du ciel autour.

Enfin, le panneau publicitaire du garage est apparu, Alex était de retour à la civilisation. Docteur Silencieux souriait du haut de l'affiche, un petit quelque chose de sinistre dans son nom et dans son visage, joli et rassurant. Alex l'a salué de la tête et a continué en direction de l'avenue du Parc.

Alex transportait devant lui une boîte de carton. Le poids de celle-ci était ridicule, compte tenu de sa taille. La boîte avait l'air vide et avait un poids plume.

Dans la boîte, il y avait Hall, le rat d'Alex.

✻

À la fin du mois d'août, la cour prenait ses allures d'été en train de finir, proche de l'épuisement post-coïtal; les plantes semblaient trop mûres, molles, sur le point de pourrir, mais elles étaient encore juste assez fleuries pour qu'on les remarque. Les fruits des châtaigniers avaient disparu et les feuilles avaient pris une teinte foncée, vert olive; ça sentait le feu de camp.

Sur le balcon arrière, Marcus et Sally étaient en train de boire quelques bouteilles de la bière artisanale de Marcus; ils envoyaient les bouchons par-dessus la clôture, dans la cour des voisins. Quelqu'un faisait un BBQ et l'odeur rappelait à Sally qu'elle n'avait rien mangé aujourd'hui, à part un bol de soupe de lentilles.

– Alex est où? a dit Sally.

– Parti enterrer son rat.

– Oh!

Elle a passé le dos de sa main sur ses lèvres.

– Simon ou Garfunkle?

– Ouais, a dit Marcus, quelque chose de même.

– Pauvre petit gars.

– Humm.

De l'autre côté de la clôture, une voix a crié: « V'là le fromage! »

Sally animait un atelier mensuel spécialisé dans ce qu'elle appelait la thérapie aéromémorielle. Elle invitait les participants à apporter un objet fortement lié à des souvenirs personnels. À partir d'un mélange de distillation et d'infusion d'alcools divers, ils créaient l'*essence* de l'objet, qu'ils enfermaient ensuite dans des bouteilles de verre brun. En les débouchant, on relâchait un arôme qui, selon Sally, donnait accès à des pensées refoulées et guérissait les traumatismes anciens.

La chambre de Sally était remplie de ces bouteilles, certaines qu'elle avait elle-même confectionnée, d'autres qui avaient été abandonnées par des participants de l'atelier, jamais revenus pour assister à la deuxième séance. Il y avait des ours en peluche, des vieux souliers, des journaux intimes, des mitaines, des tasses de café, toutes sortes de cossins et de gugusses personnels, rendus muets et empreints de nostalgie par la vitre brune, comme des photographies en sépia. Elle appelait ça les archives du trauma.

✳

En descendant Champagneur vers la voie ferrée, Alex a aperçu le mendiant du quartier en train de courir, traînant derrière lui son carrosse de petit vieux en plaid écossais. Alex a remarqué qu'il s'était fait couper les cheveux – c'était assez réussi, en fait. Où est-ce qu'un sans-abri va pour se faire couper les cheveux ? Le gars a atteint la clôture, a lancé son carrosse par-dessus et a empoigné le grillage pour passer de l'autre côté en quelques bonds fluides. Il a ramassé le carrosse là où il avait atterri, et a enjambé les rails, répétant les mêmes mouvements, une fois arrivé à l'autre clôture.

Alex a déposé la boîte et a rajusté son sac à dos, dans lequel il transportait une truelle rouillée et un sac de graines. Il faisait encore chaud ces jours-ci; le soir, seulement, un vent se levait qui apportait parfois l'odeur du verre froid et des feuilles mortes. Alex a repris la boîte dans ses mains, en essayant d'ignorer le déplacement du poids à l'intérieur.

Hall était mort tôt ce matin, pendant qu'Alex dormait. Vers cinq heures, l'épuisement avait eu raison de sa veillée, et Hall en avait profité pour s'extirper des liens revêches de la terre, s'effondrant, comme l'avait constaté Alex en ouvrant les yeux, à moitié dans son bol de nourriture, les pattes arrières pointées bien droit vers le ciel. Alex l'avait sorti de la cage, il l'avait lavé et enveloppé dans un mouchoir. Il était parti pour les funérailles à pied. Lynnie lui avait offert de l'accompagner, mais Alex avait préféré y aller seul. Marcus n'avait rien dit.

Dans une ruelle, Alex a vu une femme en niqab, ressemblant à une voûte étroite, qui jouait au soccer avec un petit garçon. Elle se déplaçait gracieusement, bloquant les coups de l'enfant. Derrière eux, un panneau publicitaire exhibait la photo en noir et blanc d'un homme en caleçons. Il reposait dans une position à la fois tendue et souple, à la manière d'un chat sauvage. Alex s'est souvenu être déjà passé dans cette ruelle, avec Sally. Ils discutaient alors d'un gars qu'ils connaissaient qui amenait toutes ses conquêtes au même endroit à chaque premier rendez-vous : sur la voie ferrée, avec une bouteille de vin et des cannes de conserve. Alex habitait ici depuis tellement longtemps que ses souvenirs avaient des souvenirs.

Quand il est arrivé en face du trou percé dans la clôture, en arrière du concessionnaire, il s'est penché pour traverser. Les voies s'étendaient dans les deux directions. Le ciel, d'une certaine manière, semblait plus grand ici qu'ailleurs en ville. Les rails disparaissaient sous les mauvaises herbes, les chardons, les pissenlits et les petits arbres condamnés. Il a posé la boîte par terre, a sorti sa truelle et s'est mis à creuser.

*

– À tous les matins, je me réveille pile à trois heures, a dit Sally, même si ça fait six mois que j'ai arrêté d'être barmaid. Cette job-là a vraiment fucké mon rythme cicardien, au point de me donner un boost d'adrénaline à l'heure de la fermeture, quand il fallait que je mette tout le monde dehors, que je me tape l'équivalent d'un bain complet de vaisselle, que je monte les chaises, lave le plancher, barre le Miracle pis que je revienne à la maison sur mon vélo. Pis là, je peux plus m'empêcher de me réveiller. Je reste couchée les yeux ouverts, le cœur qui cogne, en me répétant que je dois me rendormir.

Le vent a changé de direction, transportant l'odeur de cuisine vietnamienne. La maison était située au confluent de plusieurs masses d'air locales, et les colocataires pouvaient identifier la direction des vents grâce aux effluves qu'elles transportaient.

– Les concepts de nuit complète pis de sommeil réparateur, c'est des inventions du capitalisme, lui a dit Marcus. Avant les usines, avant l'électricité, avant l'industrialisation, les gens dormaient en deux périodes, ils appelaient ça le premier sommeil, pis le second sommeil. Entre les deux, il y avait une période d'éveil qui t'appartenait juste à toi. C'était une période privilégiée pour la réflexion pis la créativité. C'est à ce moment-là que les couples de paysans se mettaient à jaser, à fourrer, que les moines se mettaient à prier, pis les poètes, à écrire.

Il avait lu ça quelque part.

La porte de la clôture à l'arrière a grincé et Alex s'est avancé dans la petite allée de la cour. Il avait l'air fatigué et une ligne de boue lui divisait le front. Il portait une petite pelle et son sac pendait à son épaule.

– Yo, a dit Marcus, on a de la bière pour toi.

– Faut que je rentre, a dit Alex. Oates... En tous cas.

– Comon, assis-toi deux secondes. Ça fait des siècles qu'on a pas chillé ensemble.

– Ouais, a dit Sally, genre, *des siècles*.

Alex a regardé vers la maison, puis s'est recroquevillé devant le sofa un peu moisi, et s'est appuyé sur les jambes de Sally. Elle a entouré son cou avec ses bras et il a soupiré.

– C'est fait ? a demandé Marcus.

– Ouais. On en parle plus. Au moins, c'est fini.

– *Regarde froidement / La vie la mort / Cavalier passe ton chemin,* a dit Marcus, citant la tombe de Yeats.

Alex a approuvé d'un signe de tête. Il a levé les yeux, puis a tendu la main pour attraper les doigts de Marcus. Marcus les a serrés en retour, et leurs mains sont restées là, suspendues, jusqu'à ce qu'Alex laisse retomber la sienne et ramasse une bière par le goulot.

Marcus a parlé à Alex de la fille qui lui plaisait, Abby.

– Elle est dans mon cours sur Shakespeare. Elle a dit que son passage préféré dans *Hamlet,* c'est quand Hamlet dit « *Woo't weep ?* » à Claudius, sur la tombe d'Ophélie. Elle a dit qu'en disant ça, Hamlet sonne comme un hibou vraiment fâché.

– Cute, a dit Alex. As-tu touché son corps parfait avec ta pensée ?

C'était leur phrase codée pour désigner le fait de se masturber en pensant à quelqu'un. Je m'en vais tellement toucher ce corps parfait avec ma pensée, s'étaient-ils dit l'un à l'autre des millions de fois.

– Euh, dégueu, Alex, a dit Marcus, en regardant Sally, puis en se retournant vers Alex.

Il s'est demandé quand Alex avait baisé pour la dernière fois.

Ils ont suivi des yeux un sac de plastique, emporté par le vent à l'odeur de crevettes, jusque dans la cour des voisins. Alex s'est levé et s'est tapé les cuisses. Il a ramassé sa bière à moitié bue, a salué ses amis avec, et il est entré dans la maison.

– Penses-tu, a dit Sally, qu'en laissant nos déchets s'accumuler de même sur le balcon, on fait plus de job pour les voisins ?

– Probablement, a dit Marcus.

Sally a hoché la tête et a commencé à remplir des contenants avec d'autres contenants ; à mettre du papier dans des boîtes de carton, des bouteilles dans des boîtes de conserve, et des boîtes de conserve dans des sacs. Plus tard, quand il ne pourrait même plus endurer d'être près d'elle, Marcus se rappellerait cette image, les tendons de son cou, le son de ses bottes de caoutchouc, et sa manière à la fois négligente et efficace de bouger, le vent transformant ses cheveux en ventilateur.

Marcus s'est retourné et a vu Alex qui se tenait dans le cadre de porte. Sa tête était penchée d'un côté.

– Comment..., a dit Marcus.

Avant qu'il puisse finir, la main d'Alex est arrivée, rapide comme un serpent, envoyant le projectile directement sur la tête de Marcus. La chose lui a frappé le visage et est retombée sur ses genoux. L'impact a produit un son sourd et humide, comme si Alex avait lancé une grosse boule de ouate mouillée.

Marcus a passé la main sur sa mâchoire et a baissé les yeux. Entre ses cuisses, il y avait Oates, mort, la bouche et les yeux ouverts, les dents découvertes dans une dernière grimace. Ses testicules étaient gonflés, d'une teinte bleutée, et touchaient la couture interne des jeans de Marcus. Il n'était pas passé de l'autre côté dans la douceur et la paix.

– Tabarnak, a dit Sally, échappant la boîte qu'elle tenait dans ses mains. Alex l'a bousculée et a couru en bas du balcon et, à travers la cour, il a glissé sur un bout de gazon mouillé, s'est redressé et s'est faufilé derrière la clôture. Il a longé la ruelle et a continué à courir. Sally a fait un pas ou deux vers la clôture et s'est tournée vers Marcus.

– Ouais ben, ça, c'était sérieusement détraqué, a-t-elle dit.

– Ouais, a dit Marcus, qui tenait maintenant le rat dans l'une de ses mains, avec dédain. Pauvre gars.

– Lui ou le rat?

– Ouais, a dit Marcus.

*

Ce qui est arrivé après est à peine digne de mention. Ils se sont séparés aussi facilement qu'une clé s'extirpant d'une serrure. Marcus a déménagé dans un petit appartement de vieux garçon, dans un quartier différent, où ça sentait le croissant et le smoked meat. Alex a gardé la maison, et a converti la chambre de Marcus en atelier. Marcus a continué à venir faire son tour de temps en temps ; il y avait des feux de joie, il y avait les soupers potluck du dimanche. Et puis, éventuellement, il n'y a plus rien eu. A posteriori, Marcus s'est mis à voir une sorte de beauté dans leur séparation, un divorce mené avec grâce, comme une rivière se scindant en deux. C'était comme ça que les choses devaient se passer. Il devait exister, quelque part, une phrase qui décrivait mieux la situation, mais Marcus n'arrivait pas à s'en souvenir.

La partie du rouleau de papier de toilette qui pend dans le vide est pliée en triangle pointu. Marcus en retire beaucoup de plaisir. Ce n'est pas simplement une question esthétique. La pointe du triangle est une garantie de propreté et de sécurité, un petit contrat entre l'hôtel et le client, assurant ce dernier qu'il sera le premier à toucher de sa main l'extrémité du rouleau après l'acte de défécation. C'est un gage, une promesse d'ordre.

Marcus adore les hôtels. Depuis l'obtention de sa permanence, il s'est découvert une propension à certains loisirs qu'il ne soupçonnait même pas. Dans ces chambres, il entre dans un état de quasi-hibernation, sortant uniquement pour le travail, ne s'aventurant pas plus loin que la machine distributrice au bout du couloir pour se sustenter. Le service aux chambres, c'est encore mieux.

Marcus déplie le journal local. Quand il arrive enfin aux nouvelles internationales, il s'aperçoit qu'il ne porte plus attention aux histoires qu'il lit. Son attention est totalement tournée vers l'intérieur, vers le mécanisme de ses entrailles, qui semble aussi machiavélique que n'importe quel gouvernement.

Il n'arrête pas de voir le même (il espère que c'est le même) poisson d'argent qui court entre les lattes du plancher. Sa tête pivote à droite et à gauche, cherchant une issue. Une chose si petite en train de prendre une décision. Il referme le journal, s'essuie, tire la chasse.

Debout devant le miroir, Marcus prend la soie dentaire et tire un bout de fil. Il est sec, comme un morceau de tendon. Non ciré. Il examine le contenant, sur lequel il peut clairement lire *Cirée*. Il enroule le bout du fil autour de son index, puis l'autre bout autour de l'index de l'autre main. La soie dentaire pénètre entre ses incisives, ses palettes blanches, nacrées; l'effet lui rappelle une main qui s'infiltre dans la craque entre deux coussins du divan, à la recherche d'un peu de change. On fouille avec vivacité, à l'affût du mou, du collant, du visqueux. On veut du dur et du lisse uniquement, pas de points fragiles ni d'affaissements de la chair. Le fil est aride et rêche; il a l'impression de

jouer de ses dents, comme on joue du vio-
lon, avec un archet. La chanson *How Much
Is That Doggie in the Window*, en sol majeur.
Si c'est écrit *Cirée* sur le contenant et que le fil
est visiblement non ciré, il y a un inquiétant
glissement entre le signifiant et le signifié.
Qu'est-ce que ça peut bien vouloir dire ?

Après avoir complété son hygiène ri-
tuelle, Marcus s'affale sur le lit, complètement recouvert de documents concernant
sa conférence, et allume sa deuxième cigarette de la journée. La deuxième est toujours
la meilleure. La première est problématique, parce qu'elle est invariablement dégueulasse. Ce qui est difficile, c'est d'arriver
à la deuxième sans passer par la première.

Une fois, il a demandé à Alex comment
il avait fait pour arrêter, après dix ans, de
fumer un paquet par jour.

– Ben, a dit Alex, j'ai arrêté d'avoir des
cigarettes.

Marcus allume la télé. Il ressent le besoin de regarder quelque chose qui lui per-
mettra de se détendre, sa tête résonnant,
après une journée infinie de café en perco-
lateur, de potinage et de panels où des collègues, dix ans plus jeunes que lui, ont
présenté des articles dont l'inventivité lui
a fait remettre en question la pertinence de
ses propres travaux. Il passe sa main dans
ses cheveux quelques fois, reconnaissant
d'en avoir encore autant et d'être encore, à
37 ans, relativement mince et énergique. Plusieurs de ses connaissances dans le milieu

académique sont devenues des créatures au ventre mou, ressemblant à des blaireaux aux yeux plissés derrière leurs grosses lunettes à montures noires.

Il tombe sur une reprise de *Immigrallye,* qu'ils adoraient à l'époque dans son ancienne maison. Entre l'événement sportif de type gladiateur, la télé-réalité et l'intervention sociale, *Immigrallye* était tourné sur le terrain de l'ancien hippodrome. On fournissait à la production des immigrants illégaux qui avaient été découverts par la police, on les logeait dans des hangars installés dans le stade et on les faisait participer à une série d'épreuves. Il y en avait pour tous les goûts, ça allait de la course à obstacles impliquant des piscines de gruau et des lianes enduites de graisse à la dégustation d'insectes vivants, en passant par des marathons de récitation du serment d'allégeance dans les deux langues officielles. Le gagnant de chaque saison se voyait accorder la citoyenneté pour lui et toute sa famille. Le deuxième prix, c'était un billet de retour.

– Cette émission-là, c'est tellement une formule, avait dit Alex, une fois.

Comme si c'était une mauvaise chose. Mais les meilleures histoires sont celles qui reprennent des formules, celles dont on connaît aisément la fin, mais qu'on continue à écouter quand même, comme pour soulager une démangeaison, ou pour remplir le verre vide qu'on a dans la tête.

L'émission fait place à des annonces. Marcus regarde un homme distrait qui oublie la fête de son enfant, décapite accidentellement son toutou préféré et fait rapetisser sa doudou au lavage. Au moment où les choses semblent vouloir s'approcher de l'apocalypse, il sort un paquet de chips à la barbe à papa de son sac d'épicerie, avec un sourire en coin. Réconciliation joyeuse, avec des accolades et des fous rires et un clin d'œil bien envoyé à la caméra. Marcus fixe la télé, puis le sac de chips à la barbe à papa, juste à côté de lui. S'il avait besoin d'une confirmation, la voilà. Il est le centre de l'Univers.

Marcus allume son téléphone. Il est deux heures plus tard que là où est Abby, elle devrait donc être sur le point d'aller se coucher, sa longue robe de nuit de coton bleue sur le dos, celle avec de la dentelle autour du cou. Elle sera en train de lire quelque chose, la biographie d'une vieille vedette de cinéma peut-être. Son visage sera humide et collant à cause de la crème de nuit, sa peau chaude, excepté ses pieds, qui seront froids et secs au toucher, même dans la moiteur de juillet.

– Allo, cookie, lui dit-elle dans l'oreille.

– Allo, dit-il, en soupirant plus qu'il ne l'aurait voulu.

– S'est bien passé aujourd'hui ?

– Ouais, tu sais ce que c'est. Plus ça change, plus c'est pareil.

Elle complète leur phrase pour lui :

– C'était du gâteau, mais t'aurais aimé ça que ça soit de la tarte.

– Mmm, de la tarte, dit-il. Ouais, en fait, ça s'est assez bien passé. Il y avait une douzaine de personnes dans l'assistance, dont la doyenne de la Faculté d'études culturelles. Elle est venue me parler après, elle m'a dit qu'elle trouvait mon travail prometteur.

Ils continuent à parler de sa présentation, il prend des nouvelles des enfants, qui vont très bien et qui dorment, puis Abby dit qu'elle doit raccrocher, il y a ce segment de l'émission *Idées* à la CBC qu'elle ne veut pas manquer.

– Bonne nuit, mon loup, dit-elle.

– Pense à moi.

– Always.

Il roule sur son ventre, époussetant des miettes sur la couette. Il ouvre son téléphone à nouveau.

À l'autre bout du fil, Sally n'a pas l'air trop enchantée d'entendre sa voix.

– Es-tu en train de regarder la couverture du premier juillet ?

– Ouais, ment Marcus. Pété raide.

Il ne la regarde peut-être pas en ce moment même, mais il sait de quoi elle parle, c'est aussi régulier qu'un jour de paye.

– Fait que t'as vu Alex, dit-elle.

Marcus s'assoit.

– Quand ça ? dit-il. À la télé ?

– Oui, à la télé.

– J'ai dû manquer ce bout-là.

– Hum hum, dit Sally. En tous cas, ils l'ont arrêté. Moi et une couple d'autres, on va à la manif de soutien plus tard ce soir. Tu devrais venir.

– Je suis en Alberta, dit-il.

– Oh! OK. Bon ben, on oublie ça, d'abord.

Comme s'il lui avait dit qu'il était à l'épicerie.

– Sally, dit-il.

– Ouais?

Un petit quelque chose dans sa voix, un petit ton qui dépasse le simple encouragement générique, l'incite à continuer.

– Comment ça va ta... Tsé, la...

– Ma sclérose en plaques?

– Ouin, excuse-moi.

– Ben, elle est en train de ronger lentement mon système nerveux, dit Sally.

Une bouffée d'air sort des narines de Marcus.

– Non, je m'excuse, dit-elle, maudit que je suis bête. C'est correct. J'ai pas de nouvelles lésions. Je suis pas encore rendu au stade de légume qui bave.

– Pas plus que d'habitude on dirait, en tous cas, dit Marcus, et Sally pouffe de rire. Te souviens-tu de la fois où on s'était déguisés en zombies pis qu'on avait essayé de se faire mettre dehors de la banque? Alex qui criait « lutte des classes! » pis au lieu de nous arrêter, ils ont juste ri pis ils nous ont dit qu'on avait raison?

– Ouais, dit-elle, distante. C'était cool, ça.

– On devrait refaire ça un moment donné.

– C'est clair.

Qu'est-ce qu'avait dit Alex quand Sally avait reçu son diagnostic, déjà?

– C'est complètement absurde de penser en termes de gens en santé et de gens malades. Il y a uniquement les malades et les pas-encore-malades.

– C'est pas mal sinistre, ton truc, avait dit Marcus.

– Moi, je trouve ça assez libérateur, au contraire, avait dit Alex. On est tous dans le même bateau, faut se tenir.

Mais Marcus aurait préféré la solitude à ce genre de compagnie.

– Sally, dis-moi, il va comment? Je veux dire, ces temps-ci?

– Bof, tsé. Correct. Dépressif. Correct. Travaille encore au centre d'appels. Fréquente un ado.

– Pour vrai?

– Bon, il a 21.

– Comment ça se fait que les gais peuvent faire ça, pis tout le monde s'en fout, dit Marcus, mais que si moi, je le faisais, je serais dans la marde?

– Ça s'appelle le patriarcat, Marcus.

– Ouais, ouais, ouais, dit-il.

Il voit le poisson d'argent, ou un de ses cousins, faire le tour de la prise de courant à répétition.

– Sally, dit-il, tsé, même si j'appelle pas souvent, ça veut pas dire que je pense pas à toi.

– OK. Faut que j'y aille.

– Ouais, dit-il. Bye.

La dépression n'a pas de besoin, pense Marcus. Elle ne fait pas de requêtes, n'a pas d'exigences. Tout ce qu'elle te demande, c'est de rester au lit à fixer une prise de courant dans ta chambre d'hôtel. C'est comme le contraire de la faim, le contraire d'une dépendance. Plus elle devient puissante, moins elle t'en demande.

Le téléphone sonne. Marcus appuie sur un bouton.

– Allo, dit-il, allo, allo.

Mais tout ce qu'il entend, c'est le bruit de frottement à l'intérieur de la poche de Sally. Il écoute. Ça sonne comme l'océan.

✳

Il n'avait rien fait qui sortait de l'ordinaire, il le savait. C'était plutôt une forme de tendresse, une faveur accordée à un vieil ami. Si Alex n'avait pas compris à l'époque, sûrement comprenait-il aujourd'hui. Et ses ressentiments devaient avoir été dilués par le fleuve du temps qui s'était écoulé, un fleuve qui avait amené Marcus ici, dans cet hôtel, dans cette chambre, sur ce lit. Il savait que le bien et le mal n'existaient pas vraiment, que seul existait le fait d'être plus ou moins heureux. Et il était heureux. Quand même heureux.

✳

Ça ne lui avait pas pris beaucoup de temps pour trouver une recette. On pouvait créer du CO_2 en mélangeant du bicarbonate et du vinaigre, et selon le site Web, ça devenait actif en 12 à 20 minutes. Le sujet s'endort, puis son cœur et son système respiratoire s'éteignent.

À l'aide d'une boîte de souliers, d'un peu de tape électrique et d'une longue paille pliante trouvée au magasin à un dollar, Marcus avait construit une chambre hermétique, à l'exception de la paille, qui s'infiltrait dans un pot Masson dont le couvercle avait été percé. L'ensemble avait l'air d'un objet créé lors d'une session du Pendu de l'absurde.

Dans la chambre d'Alex, Marcus a vu que Oates avait repoussé tous ses copeaux d'un côté de la cage. Il était recroquevillé sur le dessus de la pile, ses couilles disproportionnées appuyées sur les barreaux. Ses côtes bougeaient au rythme de sa respiration. Marcus a approché un doigt et lui a touché le nez. Oates n'a pas bougé. Marcus s'est penché, il était à la hauteur du museau de l'animal. Il a déplacé son doigt pour tapoter les gros testicules du rongeur avec son ongle.

– Niiii, a fait Oates.

– Niiii, a fait Marcus.

Il a ouvert la cage et y a plongé le bras pour atteindre la petite forme blanche, a retiré sa main pleine, en faisant attention pour ne pas comprimer les côtes, fragiles. Dans la tiédeur laissée par le corps du rat, il

a déposé une note, à côté de laquelle il ins-
tallerait Oates, quand ça serait terminé, et
que les deux rats seraient de nouveau réunis :

Regarde froidement
La vie, la mort
Cavalier, passe ton chemin

Mais c'était il y a longtemps.

Maitland

Oui, Frieda avait déjà rencontré Maitland. Ou du moins, elle connaissait son nom. Il était le genre d'homme qui se faisait toujours appeler par son nom de famille, probablement déjà à l'adolescence. Parfois, c'est une question de respect, d'autre fois, c'est de la pure condescendance ; à l'occasion, le nom semble parfaitement adapté. Son prénom était peu mémorable et enfantin, quelque chose comme Kevin ou Matt. Alors, il était Maitland.

Sa fille de deux ans était accrochée à son cou, elle jouait avec ses cheveux noirs touffus. Il était dodu et louchait, avait le front dégarni, mais gardait une bonne épaisseur de cheveux. Un homme présentable, de ceux qui n'auraient jamais couru le risque de la beauté ou de la laideur à cause d'un trait accusé, distinctif. *Il glisserait tranquillement vers l'âge mûr et l'âge d'or,* a pensé Frieda, son visage rond et un peu malin comme un signe rassurant pour sa femme et ses amis, qui y verraient toujours le Maitland qu'ils avaient connu.

Il avait adressé la parole à Frieda une seule fois durant le Seder, pour faire une comparaison entre l'afikoman, qu'on sépare en deux, et la Sainte Trinité, qui se sépare en trois, mais qui, en même temps, reste indivisible.

– Moi, la tradition dans ma famille, a dit Frieda, c'était de faire cacher le matza par les *enfants,* pis après, c'est les *parents* qui le cherchaient.

Pendant qu'elle expliquait ça, Maurice, le fils de Maitland, s'était lancé à la recherche de l'afikoman, sous les cris encourageants des adultes, «tiède... chaud... chaud... froid! Glacé!»

– Pis chaque année, on passait 1 000 ans à trouver le spot parfait. Une fois, on l'a emballé dans un sac à sandwich pis on l'a mis dans le réservoir de la toilette. À part ça, je me rappelle plus où. En tous cas, à chaque fois, c'est la même chose qui arrivait en bout de ligne : dès que venait le temps de chercher l'afikoman, nos parents nous payaient pour qu'on aille le trouver à leur place.

Une nuée d'applaudissements et de félicitations s'est élevée quand Maurice a timidement attrapé le bout de tissu dans lequel était caché l'afikoman, qui dépassait légèrement du dessous d'un coussin du sofa.

– C'était juste vraiment drôle, dans le fond, a dit Frieda, de penser qu'à chaque année, on agissait comme si, cette fois-là, nos parents allaient se mettre à le chercher, vraiment pour de vrai, même s'ils nous donnaient aucun signe qu'ils voulaient le faire.

– Telle est la nature de la foi, a dit Rachel.

– Vrai, a dit Frieda, mais je pense qu'on aimait juste vraiment ça les imaginer en train de chercher.

Maitland était le meilleur ami du mari de Rachel, Laurent. Frieda et Rachel se connaissaient depuis l'université, et Frieda aimait bien Rachel, encore, même si elles s'étaient éloignées l'une de l'autre, comme c'est souvent le cas après les études. Une ou deux fois par année, elles se voyaient lors d'un événement social : un mariage, une fin de semaine au chalet de la famille de Laurent à Sainte-Adèle, pour le Seder ou la Hanoucca. Laurent était un gros ours affectueux, visiblement destiné à devenir un patriarche, mais pour l'instant, lui et Rachel n'avaient rien produit dans ce rayon.

– On essaye fort, a confié Rachel à Frieda, mais ça prend pas.

Frieda s'est demandé ce que voulait dire « essayer », au juste. Ça voulait dire faire du sexe, non ? À une certaine époque, elle l'aurait dit à Rachel, mais aujourd'hui, elle s'est contentée d'acquiescer de la tête.

À la place, c'était Maitland et sa femme Sylvie qui se présentaient à chaque réunion avec des preuves supplémentaires de leur fertilité. Sylvie était présentement enceinte de leur troisième ; son corps semblait entièrement dédié à la reproduction. Elle était joufflue, et agréable à regarder. *Une madone québécoise*, pensait Frieda. Les hanches larges et souples, la poitrine généreuse, un habitat naturel pour ses petits. Des sacs de

Cheerios et de biscuits sortaient de ses poches comme autant de pains et de poissons, et ses doigts multipliaient les jouets et les suces.

Frieda aussi était tombée enceinte une fois, sans avoir essayé le moins du monde. Quand elle l'avait appris au gars, il avait eu l'air sceptique.

– Comment tu le sais ? lui avait-il dit.

– Une femme sait ça, avait répliqué Frieda.

– Pour vrai ?

– Non. J'ai pissé sur le petit bâton.

– Oh !

Dans un bar de karaoké, Frieda avait chanté *One's On the Way*, de Loretta Lynn, en se disant que ça serait drôle ; le gars s'était étouffé avec sa gorgée de bière et le barman avait dû lui taper dans le dos plusieurs fois. Il avait collé juste assez longtemps pour la reconduire chez elle après le rendez-vous à la clinique, puis avait déménagé à Calgary. Frieda croyait qu'il s'était peut-être recyclé dans le pétrole.

À la gauche de Frieda, il y avait Sophie, une collègue de travail de Rachel. Sophie s'est penchée au-dessus de la carpe farcie et l'a reniflée ; les coins de ses lèvres se sont tortillés.

– Mais, c'est quoi, ça ?

– Du poisson mariné, a dit Frieda. Gefilte fish.

Elle a monté une petite pile de raifort rosâtre, à l'air toxique, sur sa propre tranche, et l'a engloutie.

– Je comprends pas comment tu peux manger ça.

– C'est un goût qui se développe, mettons, a dit Rachel.

– Pas pour moi, a dit Frieda, la bouche pleine. Je suis née avec un morceau de hareng mariné dans la bouche.

Une coulisse de saumure rose pâle se formait dans son assiette.

Sophie a secoué la tête.

– Dégueulasse[1], a-t-elle dit.

C'était une jolie fille au visage délicat, elle portait un t-shirt asymétrique, le genre qu'on trouve dans les boutiques de designers locaux qui utilisent beaucoup de vichy et de motifs cachemire. *Elle est vraiment le public cible de ces boutiques,* a pensé Frieda – *non conventionnelle style classe moyenne chic, rétro, mais sans trous de mites et sans taches aux aisselles.* Nostalgique des accoutrements pré-Révolution tranquille. Une amoureuse des boutons ornementaux.

Frieda, de son côté, portait une robe de laine chaude et piquante, qui avait appartenu à sa mère. À l'adolescence, elle l'avait profanée en coupant le long col bénitier avec des ciseaux à cranter et en recousant l'encolure de façon délibérément négligente. Les manches étaient longues et évasées aux poignets. Elle trouvait que ça lui donnait vaguement l'air d'une nonne, et que ça accentuait positivement ses traits slaves un peu sévères.

---

1. « Dégueulasse » : en français dans le texte original.

Elle a regardé Maitland encore une fois. Il racontait une histoire à propos d'un parc à proximité de chez lui et de chez Sylvie, qui avait été fermé au public parce que quelqu'un s'était mis en tête d'entailler illégalement les érables.

– Mais est-ce que c'est les petits squeegees qui squattent ou bien les jeunes yuppies terroirophiles du quartier ? Personne le sait.

– Il niaise, a dit Sophie. Tu niaises ?

Ce que personne ici ne savait, c'est que Frieda avait connu Maitland bien avant, même si ce n'était que de nom. À dix-neuf ans, Frieda avait une meilleure amie qui s'appelait Dori, une fille brillante, acerbe. Dori avait fait la connaissance de Maitland dans un cours d'anatomie humaine, qu'elle suivait durant ses études au baccalauréat, et ils étaient devenus amis. Par l'entremise de Dori, Frieda avait entendu parler de ce gars, cet étudiant de médecine plus vieux que les autres, avec un drôle de nom. C'était un farceur, un charmeur possiblement moins futé que Dori, mais qui avait du cœur à l'ouvrage. Elle l'admirait, c'était évident ; elle disait qu'il avait de l'avenir.

Un soir, à un party, Dori s'est saoulée et elle s'est endormie dans la chambre de l'hôte. Elle s'est réveillée au moment où elle a senti la main de Maitland se faufiler sous sa robe, entre ses leggings. Il y a eu un instant de confusion, de malaise, et ils ont rejoint les autres. Dori a tout raconté à Frieda le lendemain matin. Elle était calme, calme d'une manière dont Frieda avait appris à se méfier.

Une semaine plus tard, Dori a reçu une lettre. Des excuses bidon tapées à la machine : *La tentation... ta beauté magnifique... j'étais en état d'ébriété... j'espère que tu ne vas pas...* Signé, *Maitland*.

La réponse de Dori a été dévastatrice. Elle a systématiquement démoli chacune des phrases de la lettre, terminant sur l'idée que le fait de l'imaginer devenant médecin lui revirait l'estomac à l'envers et lui donnait envie de vomir. *Ne m'adresse plus jamais la parole*, a-t-elle conclu. *Va te faire mettre, Dori.* Elle a envoyé la lettre via le système interne de courrier de l'université, les yeux bien secs. Et ensuite, elle s'est mise à pleurer, amère, des heures durant, pendant que Frieda lui caressait le dos en petits cercles et essayait de lui offrir son réconfort.

– Quel épais. C'est lui qui a l'air d'un cave, pas toi.

– Personne m'avait jamais dit que j'étais magnifique avant lui, a dit Dori, entre deux sanglots.

Deux semaines après, Dori ne dormait toujours pas. Son comportement devenait erratique – elle sortait danser jusqu'à sept heures du matin, elle ne mangeait que des céréales. Elle s'épilait les sourcils au complet, ça lui donnait l'air d'un bébé tout émacié. Frieda lui a suggéré de parler à quelqu'un de l'université.

– Faut que tu le dénonces, a-t-elle dit. Il devrait être expulsé. Ou, non, attends, je le sais. Faudrait faire des posters avec sa face dessus, qui diraient RECHERCHÉ POUR VIOL, pis on en mettrait partout sur le campus. Tsé, comme vraiment lui rendre la vie merdique.

Mais Dori n'a pas accepté.

– J'étais saoule, a-t-elle dit. Tu penses vraiment que quelqu'un va prétendre que je l'ai pas provoqué ?

Elle est restée silencieuse, se contentant d'éviter Maitland. À la fin de la session, elle était redevenue elle-même, et elle a terminé l'année avec d'excellentes notes, comme prévu.

Ce que Frieda n'arrivait pas à comprendre, c'est ce que venait faire Maitland dans sa vie aujourd'hui, et ce qu'elle devait en penser. Dori – Dori était probablement parvenue à passer à autre chose. Maintenant psychiatre dans une clinique publique du centre-ville, elle aidait les femmes victimes de violence, les adolescents dans la rue, les gens traînant des traumatismes comme des plaies ouvertes. Elle avait bien d'autres préoccupations. Quand Frieda la voyait, elle semblait tendue, concentrée, riant comme une mitraillette. Mais Frieda ne la voyait pratiquement jamais.

Elle observait Maitland. Il avait l'air d'un homme en paix avec lui-même, protégé de tous bords tous côtés par le filet protecteur de la vie conjugale. Père de famille,

pourvoyeur, chirurgien, amateur de cock-
tails, grand fan d'Al Green. Elle avait l'impression de voir sur lui non pas une coquille
fragile, mais plutôt une épaisse couche de
corne durcie qu'elle ne pourrait jamais es-
pérer percer. Un homme-baleine, bien dans
sa peau, enfournant le plancton, joyeux. Mais
joyeux à quel point, ça, elle ne le savait pas.

✳

Sylvie a soulevé sa fille pour la poser sur
ses genoux et s'est mise à lui chantonner
des mélodies. Ses cuisses, bien que géné-
reuses, commençaient à disparaître sous
son ventre qui grossissait ; bientôt, Christine
devrait s'accrocher aux hanches de sa mère.
La tristesse de l'enfant du milieu. Sylvie a
pensé à ses deux sœurs, Maude et Catherine. Maude, la plus vieille, distante et précoce. Et Catherine la dorlotée, princesse
Katherina, dont les oreilles et les orteils
avaient arraché des exclamations à toute la
famille : Tellement roses ! Tellement dodus !
Tellement parfaites !
    – Bientôt, tu vas être une grande sœur,
a-t-elle murmuré à Christine ; ça, ça veut
dire que tu vas avoir un rôle super important à jouer. Il faut que tu apprennes à ado-
rer, parce que c'est dans l'adoration qu'on
atteint notre soi le plus élevé.
    Christine a bâillé et s'est touché les
oreilles. C'était un tic qu'elle avait déve-
loppé récemment, qu'elle avait quand elle

était fatiguée ou nerveuse – elle se plaçait les deux mains en coupe sur les oreilles, comme un singe qui n'entend rien.

Quand Maurice avait pris l'autobus scolaire pour la première fois, il avait pleuré à cause du bruit.

– Ça me fait mal aux oreilles. Je veux plus y aller dedans.

Sylvie avait été compréhensive, mais intransigeante. Il continuait à prendre l'autobus, mais avec des cache-oreilles, peu importe le temps qu'il faisait. Maitland lui avait dit qu'ils étaient fabriqués avec une substance magique qui, non seulement protégerait ses tympans, mais qui, en plus, lui permettrait d'entendre les pensées des gens.

– Mais juste les pensées gentilles, avait dit Sylvie, rien de méchant ou d'épeurant.

Les paupières de Christine tombaient toutes seules, et Sylvie s'est demandée quand est-ce qu'ils partiraient. Laurent venait de sortir sa guitare, et lui et Maitland essayaient de remixer les prières juives sur un air de Bob Marley. La bouffe lourde, huileuse, pesait sur ses tripes, appuyait sur son ventre. Tout, autour d'elle, était une variation sur le beige : le poulet, la casserole, le poisson, les carottes cuites, le pain plat symbolique maculé de marmelade aux pommes et aux noix. On devrait appeler ça le Festival du beige. Demain, elle cuisinerait quelque chose de léger et de coloré pour Maitland et les enfants, une salade de pêches, de bleuets et de mangues, des tranches de jambon rougissantes, comme des jeunes mariés.

Elle a senti le poids de Christine qui venait de s'endormir, alors qu'au même moment, la créature dans son ventre s'étirait. Ses enfants vivaient sur des plages horaires opposées ; le fœtus se réveillait seulement quand les deux autres étaient prêts pour leur nuit, comme s'il savait quelque chose. Sylvie s'est sentie excitée, langoureuse. La grossesse lui faisait habiter son corps comme jamais auparavant, c'était une expérience inédite, qui rendait l'attention de Maitland désirable comme dans les premiers jours de leur relation. Il était un enfant lui-même, son Maitland, avec son petit pénis alerte comme un jouet qui quémandait son approbation. Quand il se collait sur la peau de ses fesses (les deux couchés sur le côté, à cause de son ventre étiré qui rendait toute autre position inconfortable) et qu'elle ajustait ses hanches pour qu'il puisse la pénétrer, elle ressentait une joie pure et détachée, complètement dépourvue de luxure.

– C'est quand même le fun, disait-il. Je t'aime ben, toi.

– Je t'aime ben, moi aussi, disait-elle.

Sylvie a vérifié sa montre encore une fois. Peut-être que s'ils partaient d'ici une heure, ils auraient un petit dix minutes à tuer en arrivant, avant que Maitland ne s'endorme.

Rachel est trop maigre, a pensé Sylvie. Sa tête semblait énorme sur son cou, une

tête de bande dessinée, ou celle d'un poupon. Elle n'avait pas cet air sec et cassant
des femmes sans enfants ayant atteint un
certain âge, mais si elle ne se dépêchait pas,
ça la rattraperait vite. Sa peau était nerveuse et tirée, elle avait des pattes d'oie.
Rachel était le genre de personne pour qui
on s'inquiétait, une femme véritablement
bonne dont les gens profitaient. Comme
Frieda, avec son visage ovale et ses cheveux
bizarres, séparés au milieu et tirés par une
barrette. Une femme perpétuellement insa-
tisfaite, une plaignarde, une chialeuse. C'était
impossible de se sentir complètement à l'aise
avec elle, mais la laisser de côté voulait dire
en entendre parler pendant des années.
Sylvie avait essayé d'engager la conversation
avec elle plus tôt, mais Frieda s'était contentée de ricaner et d'agiter la main, en disant
quelque chose d'à la fois pseudo-modeste et
condescendant. Sylvie l'a regardée se remplir la bouche de petits-beurre, des miettes
tombaient sur sa robe noire.

Sylvie a pensé que jamais elle ne voudrait avoir accès au pouvoir des cache-
oreilles de Maurice, jamais dans 100 ans.

*

Elles s'étaient rentrées dedans dans le
corridor, juste à l'extérieur de la salle de bains,
Sylvie en sortant, et Frieda, en arrivant.

– Tes histoires, ça parle de quoi ? avait
demandé Sylvie, sentant le malaise de Frieda,

Elle avait entendu parler de ces histoires par Rachel, du fait que Frieda en écrivait, qu'elle en publiait même parfois.

– Oh! Frieda avait ri, en reniflant presque. De rien.

– Ça doit ben parler de quelque chose.

Frieda avait pris un air sérieux et avait plié ses doigts.

– L'innommable futilité de la quête de sens dans un monde à l'éthique en déroute.

Puis, elle avait ri encore une fois. Sylvie avait ri aussi, par empathie plus que par amusement.

*

Ils sont arrivés aux Dix plaies.

– C'est mon bout préféré, a chuchoté Frieda, qui ne s'adressait à personne en particulier.

– P'pa, qu'est-ce que ça veut dire, pestilence? a dit Maurice.

– Des boutons, a dit Maitland. Tu te souviens quand t'as eu la varicelle?

– Issshh, a dit Sophie.

– Non, a dit Frieda. Des boutons, c'est des boutons. La pestilence, c'est autre chose.

– De toute façon, a dit Mailtand, mauvaises nouvelles pour les Égyptiens.

Ils ont compté dix gouttes provenant de leurs coupes à vin, qu'ils ont fait couler sur leurs serviettes de table ou leurs assiettes, pendant que Frieda et Rachel récitaient dans un hébreu maladroit. Quand ils sont arrivés à la mort du premier-né, Frieda n'a pas pu s'empêcher de jeter un œil à Maitland, pour observer sa réaction devant la cruauté du Dieu hébraïque. Il a pointé ses doigts de monstre vers Maurice.

– Fais attention! Le Dieu d'Israël va t'attraper!

Ses mains étaient poilues et vivantes, comme des animaux bien nourris. Maurice a couiné et s'est vite retrouvé en dessous de la table.

– Ça me dit quelque chose, a dit Frieda, en montrant sa serviette tachée de vin, mais j'arrive pas à me souvenir quoi au juste.

Elle a regardé Sylvie, qui retenait sa fille sur ses genoux avec une main; la bouche de l'enfant était grande ouverte. L'autre main de la mère reposait sur le dossier de la chaise de Maitland. Les lunettes de Sylvie reflétaient la lumière dans un angle étrange, qui donnait l'impression qu'elle n'avait pas d'yeux. Sans yeux à Gaza. *Eyeless in Gaza.* Ça venait d'où, déjà? *Samson Agonistes* de Milton. L'homme fort brutal avec seulement deux faiblesses : ses cheveux et son amour des femmes. Elle a croqué dans un morceau de céleri et a regardé Sylvie à nouveau.

✳

Les enfants dormaient. Il ne restait plus de vin et presque toute la bouffe avait disparu, les invités se dirigeaient laborieusement vers la fin de la soirée, vers les dernières chansons et les dernières prières.

– C'est juste que je pense que c'est ironique, a dit une autre invitée, une fille qui s'appelait Sharon, de penser que les Juifs, c'étaient les opprimés, pis maintenant, c'est les oppresseurs.

– Fou, hein? a dit Frieda, et elle a pris une grande gorgée. C'est *tellement* ironique. Une chance que tu nous le précises.

– Le temps fera de nous des singes, a dit Maitland.

– Des idiots, chéri, a dit Sylvie. Le temps fera de nous tous des *idiots*.

– S'il vous plaît, a dit Laurent, on parle pas de politique à table.

– Où est-ce qu'on devrait en parler? a dit Sharon.

– Je suis d'accord, a dit Frieda. C'est la saison!

Elle se sentait pompette, comme réchauffée et un peu étourdie, et elle était prête à embarquer dans l'arène.

– Je veux dire, a dit Sharon, on est là, à profiter du repas hyper délicieux de Rachel, pis en même temps, là-bas, dans la banque de Gaza, les enfants ont faim à cause de l'occupation israélienne.

Rachel a acquiescé, le menton tremblotant.

– C'est honteux, a dit Sophie.

– La *banque* de Gaza? a dit Frieda.

– Tchèque, a dit Laurent, j'ai fait couler mes dix gouttes, pis je pense qu'on est tous conscients que notre bonheur est, jusqu'à un certain point, tributaire du malheur des autres. Non?

– Aye, aye, a dit Maitland.

– Fait que, est-ce qu'on pourrait juste laisser ça de côté pour l'instant, OK? C'est pas ce soir qu'on va régler les problèmes du monde, fait qu'on est aussi ben d'essayer d'apprécier la compagnie.

Il a placé un bras autour de Rachel, qui pleurait ouvertement maintenant. Elle tenait sa serviette tachée près de son visage et ses épaules tremblaient.

– C'est correct, ma chérie, a dit Sophie, pleure pas. C'est correct.

– *B'seder,* a dit Frieda.

– Quoi? a dit Sylvie.

– *B'seder* – ça veut dire « c'est correct ». Le sens littéral c'est plus « tout est en ordre », c'est pour ça qu'on appelle ça un Seder – parce qu'on le fait dans l'ordre. Mais dans le langage quotidien, ça veut dire « cool, OK, parfait, c'est correct ».

– Donc, ce soir, on pourrait décrire ça comme un b'seder Seder? a dit Maitland. Rachel a ri, pas un vrai rire, mais un rire qui indiquait qu'elle allait bientôt arrêter de pleurer.

– Je suis correcte, a-t-elle dit. Vraiment. B'seder.

Laurent a attrapé une des bouteilles vides, il en a examiné le fond avec optimisme. Il l'a retournée et un petit filet de rouge est venu mouiller la nappe.

– Whoops, a-t-il dit.

– Quoi, encore ? a dit Maitland.

– Ben, a dit Frieda, comme l'idée de la Pâque, c'est un peu de raconter des histoires, pis de revisiter le passé, il y aurait une histoire que j'aimerais raconter.

Elle a senti le poids des deux yeux pâles de Sylvie se fixer sur son visage.

– Vas-y, a dit Sharon.

– C'est à propos d'une femme, a dit Frieda.

– J'aime déjà ça, a dit Maitland.

Sur le chemin du retour vers NDG, il n'y avait pas de trafic. Les enfants dormaient comme des petits anges, Christine dans son siège d'appoint, et Maurice, bien attaché à côté d'elle. Maitland conduisait. Avec quatre verres de vin dans le nez, il était encore un meilleur conducteur que Sylvie, qui ne faisait pas confiance à son instinct, même sobre. Son humeur sensuelle avait disparu, son corps était endolori, et ses pieds, enflés. Maitland gardait le silence, une main sur le volant, et l'autre, sur le genou de sa partenaire.

– T'es silencieux, a-t-elle dit.

Il a bâillé.

– Juste fatigué, chérie.

À travers le pare-brise, elle observait les lumières de la ville qui apparaissaient au fil de leur ascension dans la montagne.

– Je me tanne jamais de cette vue-là, a-t-elle dit. Des fois, je me dis que je suis tannée de la ville, que je suis prête pour quelque chose de nouveau, mais juste après, je vois un paysage comme ça, pis je retombe en amour encore une fois.

Maitland a souri sans tourner la tête et a lâché un murmure d'acquiescement. La voiture a plongé, puis a remonté.

– C'était toute une histoire, a dit Sylvie.

– L'histoire de la Pâque ? Oui, c'est super intéressant, a dit Maitland.

– Oui. Mais l'autre histoire. Celle que l'amie de Rachel a racontée. Frieda.

Maitland était silencieux. Il a retiré sa main du genou de Sylvie et l'a placée sur le volant. Puis, il a dit, à voix très basse :

– C'est une christie de petite bitch.

Sylvie a laissé aller sa respiration lentement. Elle n'avait pas conscience de l'avoir retenue.

– J'arrive juste pas à comprendre en quoi c'était pertinent, a dit Sylvie.

Maitland l'a regardée de biais un moment, puis a fixé ses yeux devant lui sur la route sinueuse.

– Pourquoi elle raconterait une histoire comme ça ? Pour se sentir mieux ? Pour redresser des torts ? Quelle différence ça peut bien faire, aujourd'hui ? Les affaires qui sont arrivées dans le passé devraient rester dans le passé. Je comprends pas en quoi c'est pertinent, a-t-elle répété.

– Des fois, Sylvie, tu vois seulement ce que tu veux voir.

Sa voix n'était pas amère, mais elle sentait une forme d'amertume provenant de quelque part en lui. Une odeur âpre, comme des noyaux de cerise.

Sylvie a resserré son châle autour de ses épaules.

– C'est tout ? J'imagine que ça pourrait être ça, oui. Je sais pas.

Ils ont dépassé le belvédère et la route a commencé à descendre. Sylvie continuait à parler. Elle semblait incapable de s'arrêter. Elle avait besoin d'en parler.

– Je sais même pas ce que je dis. Les choix que les gens font. Je suis même pas sûre de me comprendre moi-même. Qu'est-ce que ça rapporte, de parler des erreurs du passé ? De nous obliger à les revivre sans arrêt ? On fait juste attiser notre colère, en faisant ça. On combat pas le feu avec du feu. On combat le feu avec *de l'eau*.

– Si tu penses vouloir me frapper, a dit Maitland, est-ce que tu me laisses au moins le temps de stationner l'auto ?

Sylvie s'est mise à pleurer. Elle a pleuré sans faire de bruit, pour ne pas réveiller les enfants.

– Tu veux que je me fâche contre toi, a-t-elle dit, finalement, mais je veux pas. Ça serait pas moi, je suis pas ce genre de personne là.

– OK, a dit Maitland.

Ils ont poursuivi leur route en silence. Sylvie essayait de ressentir de la tristesse ou de la sympathie pour cette fille, trahie il y avait si longtemps par un ami qui l'aimait trop, mais elle n'arrivait qu'à s'approcher d'une forme de pitié détachée.

– C'est quoi le but ? a-t-elle dit, encore.

Une paire d'yeux jaunes est apparue à une cinquantaine de pieds en face du pare-brise. Sylvie a entendu Maurice dire un seul mot, *papa*, et tout de suite après, Maitland a dérapé dans la voie contraire. Il y a eu un claquement, qui semblait provenir de l'intérieur de Sylvie, mais non, et son fœtus a pivoté d'un bon 180 degrés, et a arqué son corps comme un poisson. Les pneus ont glissé sur l'asphalte humide, et le système antiblocage des freins s'est activé, la voiture a tourné sur elle-même, et soudainement, ils se sont retrouvés immobiles sur l'accotement, en sens inverse. Sylvie voulait se retourner et ne voulait pas se retourner. Elle s'est pourtant retournée, lentement. Christine dormait toujours dans son siège, son toupet collé sur son front chaud. Sylvie lui a touché la joue, ses cils ont vibré, et elle a soupiré. Maurice avait les yeux grands ouverts.

– C'était quoi ?

– C'était un chevreuil, a dit Sylvie.

– Il y a pas de chevreuil dans le parc, a dit Maitland. C'était sûrement un chien.

– Un gros chien, a dit Maurice. Peut-être que c'était un loup-garou.

– Peut-être, a dit Maitland.

– Est-ce qu'on l'a frappé ?

– Non, a dit Maitland. Câlisse[2], c'est passé proche.

Ses mains tremblaient. Il les a posées sur le volant et a penché la tête en s'avançant, allant l'appuyer sur ses poignets.

– C'était un chevreuil, a dit Sylvie.

---

2. « Câlisse » : en français dans le texte original.

Helga Volga

Quand Abby et Marcus rentrent à la maison, ils s'amusent et font comme s'ils venaient de se rencontrer et qu'ils se dirigeaient vers chez lui pour la première fois.

– C'est chez toi ? dit Abby.

– Ouaip, dit Marcus.

– Pas pire.

– Merci, dit Marcus. J'essaye de garder ça propre.

Ce n'est pas aussi drôle que ça l'a déjà été, mais Abby pense qu'ils ont tous les deux un peu peur de ce qui va arriver s'ils arrêtent.

Je peux pas en parler pour l'instant, a dit Marcus.

Ils vivent ensemble mais ils ne sont pas mariés et ne le seront jamais, parce qu'ils ne croient pas au concept d'obligation et aux choses comme ça. En tous cas, Marcus n'y croit pas, et Abby y est plus ou moins indifférente. Ça ne semblait pas avoir d'importance quand ils se sont rencontrés, parce que s'ils ont commencé à se voir, c'est qu'ils se sentaient supérieurs, ils étaient des créatures auxquelles les règles ne s'appliquaient pas. Ils se pointaient au mariage de leurs amis avec une attitude légèrement condescendante. Ils mangeaient du gâteau, buvaient

des mojitos et se faisaient des toasts à eux-
mêmes et à leur amour ingouvernable. Mais
en juin dernier, Abby a assisté aux noces de
sa meilleure amie d'enfance et a pensé qu'il
y avait quelque chose de sexy dans un contrat.

Et puis ce matin, il lui téléphone du
travail.

*Il faut que je te dise quelque chose de
vraiment moche, mais je peux pas en parler
pour l'instant.*

Il n'y a pas de réponse convenable à ça
ou, du moins, aucune qui ne mènerait pas à
une confrontation. C'est quand même drôle
qu'on puisse se résoudre à employer des
phrases qui, si on les entendait prononcées
dans une émission de télé, nous oblige-
raient à nous retourner vers notre partenaire pour dire « Oh! comon! Le vrai monde
parle pas de même. »

Alors Abby a dit :

– Oui, chéri, c'est correct. On en parlera
plus tard.

Elle place Stacey dans sa chaise haute
et tente de lui faire avaler un grilled-cheese,
pendant que la petite fait des sons, comme
un ptérodactyle. Ces temps-ci, tous les parents donnent à leurs filles des noms qui
sonnent vieux : Olive, Maude, Mabel, Gladys,
des noms qui rappellent à Abby les visites à
sa mère dans l'aile des Alzheimer. Mais elle
aime les noms de ses filles, des noms propres, sans histoire.

Elle a donné un œuf vidé à Angela pour
qu'elle le colore avec sa peinture à l'eau, Un

peu plus tôt, elle a percé un trou sur le dessus de l'œuf, et un autre en dessous avec une aiguille, et elle a soufflé doucement pour faire sortir le liquide jaune et blanc. La coquille est si légère et si délicate qu'elle a mal aux doigts juste à la toucher.

Angela examine l'œuf, elle le tourne et le retourne. Elle le dépose précautionneusement sur son napperon et l'écrase avec son petit poing.

– Oh! ma chouette, dit Abby, pourquoi t'as fait ça?

Angela lève les yeux vers elle, confuse.

– Je voulais le voir tout au complet en même temps, dit-elle.

Après le dîner, c'est l'heure de la sieste. Angela dormira sur un matelas bleu en styromousse avec une doudou, et Stacey se retrouvera dans le parc de bois blanc, qui était celui d'Abby. Angela se tortille comme un ver, alors Abby doit se coucher et mettre une de ses jambes sur la petite pour l'aider à s'endormir.

Qui est-ce? se demande-t-elle. Une de ses collègues au travail? La fille au party? Helga Volga? Bien sûr, c'est toujours Helga Volga. Pendant qu'elle regarde Angela dormir, une petite bulle de salive se formant sur ses lèvres, Abby ressent une douleur intense dans ses avant-bras. Elle doit les frotter ensemble comme le fait un criquet,

et si ça ne fonctionne pas, elle les serre
entre ses deux genoux.

À l'époque où ils étaient un jeune couple,
Abby et Marcus ont inventé une femme fic-
tive qui leur permettait de discuter de l'avenir de leur relation. C'était plus facile, d'une
certaine façon, d'avoir quelque chose de
concret sur lequel se concentrer, plutôt
qu'un nuage abstrait d'incertitudes.

Ça a commencé quand Marcus a eu l'idée
de voyager en Europe pour quelques mois.
Abby s'occupait de sa mère et ne pouvait
pas partir, et de toute façon, elle se sentait
un peu vieille pour s'encombrer d'un pack
sac et partager des dortoirs avec une douzaine d'Australiens qui ronflent.

– Je veux que tu te sentes libre, a-t-elle
dit à Marcus. Une part importante du voyage,
tsé, c'est l'expérimentation.

Ce mot a donné l'impression à Marcus
qu'il s'en allait travailler au Projet Manhattan.

– J'ai pas le goût de faire des expé-
riences, je t'aime, a-t-il dit.

– Ça a rien à voir, c'est deux choses différentes. Tu vas rencontrer une femme magnifique qui va s'appeler Helga Volga ou
quelque chose, pis elle va te dire genre :
« Viens avec moi dans mon château du Cau-
case, bel étranger », pis je veux pas que tu te
mettes à penser à moi comme à un vieux
boulet pis des chaînes.

Marcus a commencé à protester, mais
Abby a continué à parler.

– Fais juste attention, parce que Helga Volga a la chlamydia pis j'ai pas envie que tu reviennes avec pis que tu me la passes.

– OK, mais vraiment, ça va pas arriver.

– Pis elle a pas le droit de venir pis de rester ici non plus.

– Parfait. Hum... Est-ce qu'on a le droit de garder le contact par courrier ?

– Oui, mais pas par téléphone, a dit Abby, en souriant.

Ensuite, Helga Volga est rapidement devenue un substitut pour quiconque ne faisait pas partie de leur relation. Dans les partys, ils sélectionnaient des inconnus l'un pour l'autre et les désignaient comme les Helga Volga de la soirée, les candidats les plus plausibles pour une aventure. Quand ils se retrouvaient coincés au milieu d'une longue et épuisante conversation à propos de leur couple, l'un des deux soupirait en disant : « Si seulement Helga Volga était là. Elle, elle saurait quoi faire. » Après un énième échange du genre, Abby avait pris une craie rose et avait écrit sur le mur, au-dessus de la porte, les lettres QFHV, suivies d'un point d'interrogation. Par la suite, ils se sont simplement mis à pointer les lettres quand ils se disputaient, et leurs divergences devenaient comiques et absurdes, à la lumière de la générosité dont ils faisaient preuve l'un envers l'autre.

– Est-ce que Helga Volga va être là ? demandait parfois Abby quand Marcus annonçait qu'il allait à un party au studio d'un ami, ou à un spectacle dans un loft industriel, ou au Miracle pour prendre quelques verres. S'il disait non, Abby considérait la possibilité de l'accompagner, même si, la plupart du temps, elle restait à la maison à écouter des disques et à lire, ou à dessiner dans son calepin, ou simplement à rester assise dans sa chaise berçante, à fumer, avec John ou Alice Coltrane sur la table tournante.

Au début, Marcus disait tout le temps non. Et il ne pensait jamais à lui poser la question en retour. Un soir, Abby a attrapé son sac à main et lui a dit qu'elle s'en allait à un vernissage dans une petite galerie dans l'Est.

– Mais t'haïs ça, les vernissages, a dit Marcus.

– Ça remonte à loin, nous deux, a-t-elle dit, et Marcus s'est imaginé une camarade de classe d'Abby, du temps de la faculté des arts, la fille à plumes dans une robe Laura Ashley, ou l'autre, celle avec les cheveux en dreds multicolores. Marcus avait toujours cru que cette fille voulait peut-être coucher avec lui, mais ses airs exubérants de lesbienne ultra libérée le contredisaient constamment.

– Tu pars là, là? a-t-il dit. Je peux être prêt dans dix.

– Ouin, je sais pas, a dit Abby. Helga Volga va peut-être être là.

– Oh!

Marcus a instantanément révisé l'image qu'il s'était créée. Soudainement, il s'agissait plutôt d'un grand gras tatoué, avec une crinière noire comme un vison. Un sculpteur avec de fortes mains pleines de corne. Quelqu'un dans un band, un musicien.

– Oh! OK. Euh, OK, ben, amuse-toi bien, d'abord.

– Merci!

Abby n'avait pas l'air de percevoir l'angoisse qui perçait dans sa voix, recevant son *amuse-toi bien* au premier degré, pour ce qu'il était, dans toute sa sincérité. Et c'est comme ça qu'il voulait qu'elle le reçoive, vraiment.

Quand la porte s'est refermée, Marcus s'est planté devant leur étagère de disques pendant un bon moment. Finalement, il a choisi *Songs from a Room*, de Leonard Cohen. Il a placé l'album sur la table tournante.

Après ça, *oui* est devenu une possibilité. Et après être devenu une possibilité, *oui* est devenu une certitude.

*

La chatte, qui a déjà été vraiment grosse, est maintenant vraiment maigre, alors quand elle s'assoit sur ses hanches, sa peau pend par-dessus ses pieds, comme si elle portait une robe de bal. Quand elle a faim, elle bourdonne autour des jambes d'Abby et émet une série de demandes précises sur des notes hautes. Abby répond à cet ultimatum

en se levant du plancher où elle était étendue, à côté d'Angela, pour aller à la cuisine,
suivie par la chatte, qui manque de piler sur
la petite dans son excitation. Parfois, quand
les miaulements de la chatte deviennent
insupportables, Abby l'enferme dans la salle
de bains, où les tuiles froides la calment un
peu. Abby l'a déjà sortie de là pour se rendre
compte que la chatte avait déféqué dans le
bain, directement dans le trou du drain,
comme au milieu d'une cible de tir.

Abby a appris à deviner quand Marcus
est en train de succomber au charme d'une
autre. Ça commence avec une discussion à
propos d'une information quelconque, un
fait style Wikipédia que Marcus aurait normalement trouvé insignifiant et banal.

– T'as-tu déjà entendu parler de la synesthésie?

– Ouais, dit Abby.

– C'est comme un état mental où tes
sens sont genre fuckés pis tu peux, comme,
écouter les couleurs pis voir les odeurs.

– Je le sais. Il y avait un documentaire
là-dessus à Radio-Canada. On l'a écouté
ensemble.

– Alice souffre de synesthésie.

– Pour vrai?

– Ouais.

– Comment tu le sais?

– Elle m'a dit que quand elle entend
« mercredi », elle voit du vert.

– Ça compte pas, ça.

– Elle dit que quand elle pense à de la limonade, elle pense à quelque chose de pointu.

– Si ça, ça compte, ben tout le monde sur la planète souffre de synesthésie.

– Je trouve ça super intéressant, dit-il.

Les prochaines choses qu'il va trouver super intéressantes, ce seront ses yeux, et ses opinions sur la musique et l'art contemporain, et ses jambes, et éventuellement son lit. Et pour un bref moment, Abby aura ses nuits pour elle seule, elle en profitera pour dessiner et lire, pour s'asseoir dans sa chaise berçante et écouter.

– Qui, d'après toi, connaît le plus les femmes? a-t-elle demandé à Marcus, une fois; quelqu'un qui a couché avec plusieurs d'entre elles, ou quelqu'un qui en est une?

C'était une question sérieuse. Mais aujourd'hui, elle comprend que la connaissance ne vient ni de l'expérience directe ni de l'étude rigoureuse. Ce sont deux choses qui facilitent la connaissance, un peu comme le fait de sortir durant un orage, au lieu de rester à la maison et de regarder la télé, augmente les chances de se faire frapper par la foudre. Mais aucune des deux ne garantit quoi que ce soit.

Les cheveux d'Abby lui font mal. Elle lève les bras et défait sa queue de cheval, massant ensuite son crâne avec ses mains.

C'est tellement facile, pense-t-elle. *C'est tellement facile de se convaincre que ce qu'ont fait est normal, qu'il y a une logique et un ordre dans tout ça.* Elle pense à son amie Liz, elle pense à cette période trouble séparant la dépression de Liz et son rétablissement. Elle disait à Abby : « Je me couchais sur le plancher chez mes parents et je me disais, mon dieu, on vit sur *une planète.* »

Marcus appelle pour dire qu'il rapporte du thaï pour le souper et qu'elle n'a rien à préparer. Puis il dit : « J'ai vraiment hâte de te voir. »

– OK, dit Abby.

Quand elle raccroche, ses mains tremblent. Son visage est douloureux, et elle se rend compte qu'elle serrait les dents au rythme d'une chanson dans sa tête. De la cuisine lui parviennent les sons de ce qui semble être la chatte la plus solitaire et la plus malheureuse de l'univers.

– Je viens de te nourrir, dit Abby, qu'est-ce que tu veux de plus ?

Elle entre dans la salle de bains et referme la porte derrière elle.

Leur philosophie commune en était une d'abondance. Ils savaient que l'amour était une ressource dont le volume augmentait à mesure qu'on l'exploitait, comme du café à volonté dans un resto de déjeuner – plus on en boit, plus les réchauds se multiplient. Ou comme un muscle qui a besoin d'être travaillé s'il veut grossir. Mais aujourd'hui, Abby se demande s'ils ne se sont pas trompés

en étant aussi généreux avec leurs sentiments. Peut-être que la parcimonie est une
meilleure solution. Elle se surprend à avoir
des envies d'accumuler des biens matériels.

Ce n'est pas qu'elle craigne que Marcus
la quitte – il est très conservateur en ce qui
concerne les filles et leur avenir, et il est, en
général, assez réfractaire au changement.
Elle n'est même pas vraiment agacée par
l'idée qu'il soit avec une autre femme, à
peine un petit agacement superficiel. Ce qui
la dégoûte le plus, c'est ce pincement de
gratification qu'elle ressent quand elle est
certaine de savoir à propos d'Helga Volga.

Une fois, à un party, elle a observé Marcus
danser avec une femme qu'elle connaissait
vaguement. La pièce était sombre, l'air était
bleu et lourd à cause de la fumée de cigarette.
La femme s'est avancée pour prendre la bière
de Marcus. Elle l'a sirotée et, en la lui redon-
nant, a embrassé Marcus sur la bouche. Il l'a
embrassée en retour. Quand ils se sont séparés, il a relevé les yeux et l'a aperçue, elle,
Abby, en train de les espionner. Il l'a regardée par-dessus la tête de la femme. Il a
souri, pour dire qu'est-ce qu'un gars comme
moi fait ici? Et Abby a ressenti un choc de
plaisir intense et aigu, comme quand on
tripote une dent sur le point de tomber avec
le bout de la langue. Le plaisir d'être en train
de perdre, de comprendre que Marcus était
plus populaire, plus attirant qu'elle, et qu'il
avait ce qu'il voulait, ce quelque chose qu'elle
ne pourrait jamais atteindre. Une douce

sensation de pitié pour soi-même dans la reddition, comme la chute gracieuse de l'acteur à la pointe de l'épée.

Abby tire sur ses leggings. La toilette, comme toujours, prononce « château » quand elle tire la chasse. Elle se demande si elle le dit à tout le monde ou seulement à elle. Au Brésil, est-ce que les toilettes parlent portugais ? Ou est-ce qu'elles disent quand même « château », en gardant leur message secret ?

Les enfants commencent à se réveiller. Stacey a l'habitude de soupirer fort et sans arrêt, juste avant de reprendre conscience, comme si elle était déçue de devoir quitter le monde des rêves. Abby la sort du parc et l'appuie contre son épaule. Elle la transporte dans ses bras jusque dans la cuisine, où elle s'aperçoit qu'elle a rempli le bol de la chatte avec des bleuets.

Le téléphone sonne à nouveau.

– Quatre fois, dit Lydia, la sœur d'Abby. Tu peux-tu croire ça ?

– Wow, dit Abby.

Lydia et son mari, qui était son premier amoureux, ont eu un divorce amical il y a un an et, depuis, Lydia a commencé un pèlerinage à la découverte de sa sexualité. Elle aime parler à Abby du nombre d'orgasmes qu'elle a eus, lui faisant un compte-rendu détaillé après chaque performance.

– Ouais, bon, j'imagine que c'est rien, comparé à ce que t'es habituée.

– Tout le monde est différent, dit Abby.

– On se voit vendredi, dit Lydia.

Une fois, pendant qu'elle laissait Angela à la garderie, elle a entendu une autre mère dire à son fils : « Mais tu sais, mon ange, c'est pas évident pour les parents d'inviter *tous* les petits amis de la classe à une fête d'anniversaire. »

＊

Il est passé huit heures depuis longtemps quand Marcus arrive enfin. Les enfants dorment. Ils mangent le thaï et écoutent quelques épisodes de *La vie la vie*. Ensuite, ils s'étendent sur le lit et font des choses qui ressembleraient à des préliminaires s'ils n'étaient pas ensemble depuis si longtemps.

Marcus se fait un point d'honneur de raser son poil pubien pour garder la région aussi propre qu'une pelouse bien faite. « L'arbre a l'air bien plus gros quand on enlève l'excédent autour », dit-il. Mais est-ce que c'est vraiment vrai ? L'excédent qui pousse autour ne contribue-t-il pas, au contraire, à créer une impression d'abondance ?

Marcus est un amant égoïste, mais grâce à un coup du sort, son égoïsme chevauche parfaitement celui d'Abby : ce qu'il a envie de faire est toujours, miraculeusement, ce qu'elle a envie qu'il fasse. De ce point de vue, ils s'accordent comme une tasse avec sa soucoupe.

Plus tard, il dit « Couche-toi sur moi », alors elle le fait, poitrine contre poitrine comme un sandwich confiture et beurre d'arachide, côté collant à l'intérieur. Le visage d'Abby s'enfonce dans le matelas, près du cou de Marcus. Graduellement, il commence à respirer plus fort. Sans le regarder, elle place sa main le long de sa tête et se met à caresser sa joue, son lobe, sa mâchoire.

– Peu importe ce qui est arrivé, on va passer au travers, dit-elle.

Elle roule sur le lit et le regarde. Ses yeux coulent de façon incontrôlable. Il ne pleure pas que quelques larmes, c'est plutôt comme si des valves avaient été ouvertes, comme si le débit de sa rivière intérieure avait augmenté d'un coup.

Il soupire en tremblant, et prend la main d'Abby.

– Tu te souviens de ma vieille amie, Sally ?

Elle acquiesce. Oh oui. Elle se souvient de cette amie et, simultanément, elle se souvient aussi qu'elle a appris que les cigales peuvent vivre sous terre pendant au moins 17 ans.

Marcus avale, puis inspire profondément.

– Elle a eu un, un quoi... Un scan du cerveau, je sais pas trop. Pis les résultats sont pas bons, pis ben, ils pensent que c'est la sclérose en plaques. Les docteurs disent ça.

– La sclérose en plaques ? dit Abby.

Il se contente de la regarder. Puis il gémit et se couvre le visage.

– Oh ! mon cœur, dit Abby, oh ! chéri.

Elle est surprise de constater à quel point il a l'air normal quand il pleure. Abby essaie de recouvrir le corps de Marcus avec le sien, et pense *Merci, mon Dieu, Merci, mon Dieu, Merci, mon Dieu. C'est juste ça, c'est juste ça. Merci, mon Dieu.*

Frencher l'aigle

O n ferme les yeux. C'est important que nos yeux restent fermés tout au long de la séance, parce que l'idée, c'est de trouver un espace intime et spécial, et cet espace intime, il n'est pas au-delà de notre visage. Alors, on garde les yeux fermés jusqu'à ce que le facilitateur nous dise qu'on peut les rouvrir. Le facilitateur, c'est moi. Maintenant, on pose notre esprit sur notre ventre. Qu'est-ce que ça veut dire ? Ça veut dire être là, au centre de notre corps, parce que c'est là que commence la respiration. Dans notre ventre. On pose notre esprit juste là. Qu'est-ce qu'on voit ? Pas grand-chose. C'est ça. C'est parce qu'on manque de pratique. On est des profanes de la vision du ventre, et on ne sait pas comment voir de l'intérieur. Mais on ne s'inquiète pas. On est ici pour apprendre.

On relaxe tous les muscles de notre corps. On voit chaque muscle comme une forme faite dans le Jell'O, une sculpture de pudding moulé, et on lui permet de se dissoudre dans la mer de notre conscience. On respire. On prend conscience du contact entre notre corps et le plancher, de toutes les douleurs et de toutes les souffrances emmagasinées dans nos muscles, et puis on les laisse aller. On voit nos douleurs et nos souffrances comme des papillons qu'on relâcherait dans le ciel. Ils virevoltent vers le firmament, et certains se font manger par des oiseaux. On les laisse aller. On comprend que notre esprit conscient est un drap qui bat dans le vent sur une corde à linge, quelque part au loin. On le laisse battre.

Maintenant, on imagine un objet pour chacune des couleurs de l'arc-en-ciel.

Par exemple, le rouge pourrait être une pomme, un coucher de soleil, une tache de sang.

Qu'est-ce que le orange pourrait être? Oui, une orange, c'est bien. Ou peut-être une balle orange, ou un verre orange. Oui, ou un coucher de soleil.

Le jaune: une banane, mûre. Oui, ou un coucher de soleil.

Le vert: une banane, pas mûre. Oui, ou pour le rouge, on pourrait imaginer aussi une de ces grosses bananes du Panama, mais continuons avec notre vert. Un brin d'herbe, une forêt en plein cœur de l'été.

Le bleu: la mer, dans laquelle nos muscles-formes se sont dissous. Le ciel, dans lequel nos douleurs et nos souffrances se sont envolées.

Et finalement, le violet. Qu'est-ce qu'on voit pour le violet? Une fleur, ou une robe de soie violette. Un coussin de velours avec un voile profond et lustré.

Maintenant, on se voit dans un corridor. On ne nomme pas le corridor, mais on le voit. Quand on sera capable de voir un endroit sans utiliser de mots, on sera aussi capable de laisser notre corps derrière. On marche dans le corridor, sur le tapis, on passe plusieurs portes à notre droite et à notre gauche. Quelle porte est-ce qu'on va choisir ? On choisit une porte. On place une main sur la poignée et on ouvre la porte. On passe la porte.

Devant nous, on voit un grand escalier de marbre qui descend. Il y a 21 marches. Quand on aura descendu les 21 marches, on sera dans notre espace intime. On compte ensemble.

Vingt et un.

Vingt.

Dix-neuf.

Dix-huit.

Dix-sept.

Seize.

Quinze.

Quatorze.

Treize.

Douze.

Onze.

Dix.

Neuf.

Huit.

Sept.

Six.

Cinq.

Quatre.

Trois.

Deux.

On est sur le point d'entrer dans notre espace intime.

Un.

Maintenant, on met nos talons hauts.

On met nos talons hauts parce qu'on devient quelque chose d'autre, et pour devenir quelque chose d'autre, il faut modifier notre posture, notre façon de nous tenir. Voici quelques informations pertinentes : la personnalité commence à la plante des pieds. L'animal qui se trouve en nous comprend ça, mais notre corps d'humain l'oublie. C'est un fait intéressant qu'en français, on appelle le bout des pieds des « talons ». Les talons. Est-ce que ça nous fait penser à quelque chose ? Les Français, en France, comprennent bien la relation entre le moi animal et le corps humain. C'est pour ça que c'est le peuple le plus sensuel. Pourquoi tu penses qu'on appelle ça « frencher » ? L'aigle, c'est un oiseau qui a une mauvaise haleine chronique, parce qu'il se nourrit surtout de viande crue. Il n'y a pas beaucoup de légumes sur la montagne froide et escarpée. Mais on n'est pas ici pour porter un jugement ni pour passer des commentaires. On est ici pour être. On est ici pour embrasser l'aigle, pour le frencher. Jusqu'à ce qu'on ne fasse qu'un avec lui.

Ne faire qu'un. C'est une belle expression, n'est-ce pas ? C'est ce qu'on dit d'une fille qui vient de choisir la robe parfaite pour son bal, et qui va voler la vedette : elle ne fait qu'un avec cette robe. Bientôt, c'est ce qu'on va dire de toi.

Bon.

On remarque à quel point les souliers changent l'organisation de notre corps. Combien d'entre nous ont l'impression que leur corps n'est qu'un mauvais outil de communication, et qu'il s'exprime dans un langage inconnu ? On observe la courbe accentuée dans notre dos, la façon dont les hanches et les seins forment un ballant à chaque extrémité, comme des haltères. Ce qu'on porte n'a pas d'importance. N'importe quel vêtement ferait l'affaire. Même dans du linge mou, on pourrait s'assurer d'un certain degré d'intelligibilité physique, simplement en portant attention à notre posture. Même si on était prisonnière d'une camisole de force, même si on était enroulée dans des voiles de bateau, nos bras tout entortillés derrière nous, on pourrait se dire, OK, comment puis-je tourner cette situation à mon avantage ? La réponse, c'est : l'élégance. L'élégance, c'est notre baguette magique.

Les talons hauts ne sont pas l'élégance. Les talons hauts sont les récipients de l'élégance. Le reste, c'est nous.

Chacune d'entre nous a fait des choses qui l'ont rendue inapte à fréquenter le commun des mortels. Certaines d'entre nous sont des voleuses. Certaines d'entre nous – plusieurs d'entre nous – sont des putes. Certaines d'entre nous sont des meurtrières, des tueuses d'enfant, des tueuses de père, des tueuses d'amant, des tueuses de mari. Des croqueuses d'hommes. C'est une façon de parler, mais quand même, la plupart d'entre nous ont goûté à la chair de l'homme sous une forme ou une autre. Certaines d'entre nous l'ont fait par nécessité. Certaines d'entre nous l'ont fait par tristesse, ou par solitude, ou en raison d'une folie passagère. Certaines d'entre nous l'ont fait parce que les voix ne voulaient pas se taire. Certaines d'entre nous étaient trop pauvres pour acheter de la bouffe pour le bébé, alors on est sortie un soir et on a tiré sur un gérant de banque, juste parce que. Parce que c'est ce qui arrive quand on interfère avec l'ordre naturel de la féminité. On ne parle pas de chasser et de cueillir, ici, de cultiver et d'élever. On parle de la montagne froide et escarpée. On parle de frencher l'aigle. On parle de la prédisposition naturelle de la femme à préserver sa propre intégrité et la beauté de son être. Un autre mot pour le dire : élégance. Est-ce que tu vois vers quoi on se dirige, ici ?

Nos crimes sont pathétiques. Mais ils ne sont pas nous. On doit se rappeler de toujours distinguer le crime, qui est le produit de notre corps d'humain, de ses ambitions et de ses ratés, et l'être animal, qui est le véritable nous. Quand on ressent la peur, on répète notre mantra :

Nous sommes saines et sauves. Nous sommes aimées. Nous sommes précieuses et, par-dessus tout, nous sommes élégantes.

Notre mantra, énoncé correctement, peut inverser l'ordre des choses. C'est comme un tremblement de terre qui commencerait par la fin. Des vases volent sur la table et se réparent eux-mêmes, deux plaques de béton se reforment pour créer un pont, des enfants émergent des piles de débris. Notre mantra est notre moyen de défense contre tout ce qui menace de nous défaire, de nous salir, de faire de nous du bétail. As-tu déjà vu une vache que tu aurais pu qualifier d'élégante ? C'est ça. On répète notre mantra, aussi souvent qu'il le faut.

N'aie pas peur, même si ça ne vient pas immédiatement. L'élégance n'est pas facile à atteindre. Il s'agit de se détendre tout en maintenant la plus stricte discipline, de se retenir, tout en se laissant aller. Comme tant d'autres choses. On connaît quelqu'un, un homme qui, une fois, est tombé d'un toit haut de deux étages et s'en est sorti avec quelques bleus parce qu'il a eu assez de présence d'esprit pour devenir complètement mou durant sa chute. Ça a l'air facile, mais essaye, tu vas voir – renoncer au contrôle, alors que le sol dur arrive à pleine vitesse et que le vent crie dans tes oreilles. C'est à l'opposé de la facilité.

Voici un conseil pratique. Plusieurs d'entre nous sont des personnes hantées. Quand on voit un fantôme, quand on a peur des fantômes, il faut manger un morceau de viande devant lui. De la viande crue ? Peu importe. N'importe quelle sorte de viande.

Une cuisse de poulet. Pourquoi, au juste ? Parce que les fantômes n'aiment pas qu'on leur rappelle le monde de la chair. Et manger de la viande devant lui, ça prouve au fantôme que tu maîtrises le monde de la chair. Après ça, il n'aura pas le choix de te respecter.

*

Comment est-ce qu'on en est arrivées là, à cet endroit de souffrance et d'antagonismes, à ces combinaisons orange, orange comme un verre de plastique, une balle ou un coucher de soleil ? À ces pièces toutes petites, chacune plus petite que la dernière, à cet autobus qui nous prend, pas comme un amant, mais comme une crise cardiaque. De l'autobus, on peut voir défiler le Harvey's, le Wendy's, le Tim, tous les noms familiers de notre enfance, réunis le long du chemin pour nous dire au revoir et nous souhaiter bonne route. Mais c'est possible aussi qu'ils nous aient toujours dit au revoir, au fond, parce que, plus on y pense, plus on se rend compte qu'on a toujours été dans cet autobus. Depuis le moment où on a été jetées dans ce monde, de façon non glorieuse, jusqu'à aujourd'hui, et on va y rester pour l'éternité. C'est un peu comme la mort, cet autobus.

On doit retrouver notre calme. On est dans notre espace intime. Nous sommes saines et sauves. Nous sommes aimées. Nous sommes précieuses et, par-dessus tout, nous sommes élégantes.

L'autobus continue de rouler. Par la fenêtre, on peut maintenant apercevoir les murs de marbre du palais de justice, de la salle de la cour, de la cour, de la courtisane qui nous courtise, un autre mot français pour parler de cruise, ce qui nous semble assez drôle quand on y pense, étant donné qu'il ne nous reste qu'une seule croisière, et ça nous étonnerait qu'elle soit amusante.

On est maintenant en train de tenter d'expulser un souvenir. Le temps nous fait défaut. On pensait qu'on aurait tout le temps du monde, mais maintenant, on comprend que du temps, il n'y en a presque plus. Il y a eu tellement d'attente, tellement de temps à tuer, on est devenues des expertes pour tuer le temps mais, maintenant, on se rend compte qu'on a traversé le temps comme une braise de cigarette, dynamitant la matière pour en faire de l'énergie, et on ne peut plus revenir en arrière. Alors, il faut se dépêcher à extraire le souvenir, à l'expulser par la bouche, le nez, le vagin et le trou du cul, par toutes les sorties possibles de notre corps.

Notre dernier souvenir, celui qui nous accompagnera pendant qu'on fait la paix avec l'aiguille empoisonnée, ou avec le courant électrique, ou simplement avec l'éternité des cellules, des combinaisons, de l'autobus, c'est celui du moment noir, sombre, où on a perdu pied. Ça peut arriver à tout le monde, et c'est arrivé à tout le monde, au moins une fois, ou peut-être même plus. Et ce qui a de l'importance, ultimement, malgré ce qu'on aurait pu croire, ce qui, au bout du compte, influence tout ce qu'on va devenir, c'est ce qu'on tenait quand le moment est arrivé. Est-ce qu'on tenait la main de quelqu'un, ou un sandwich, ou un pinceau, ou un fusil ? Où est-ce qu'on se tenait, et qu'est-ce qu'on tenait dans nos mains – voilà ce qui est important. Plus important, finalement, que la vie elle-même.

Il faut qu'on se tourne vers ce souvenir, celui du gérant de banque, qui n'était peut-être pas gérant en fait, qui était peut-être concierge, ou chauffeur de camion, ou rien du tout, rien qu'un homme, qui faisait l'affaire. Il a fait l'affaire. Et on se rend compte que les rivières de sang qu'on a fait couler de son corps, c'est sur elles que vogue notre bateau de croisière.

Bientôt, il va falloir qu'on descende de l'autobus. On regarde pour une dernière fois notre reflet dans la fenêtre, un pâle simulacre de notre visage, avec des arbres agités par le vent derrière. On ne fait qu'un, on est précieuse. Le orange est peut-être notre couleur après tout.

Maintenant, on est prête. Personne, personne d'autre, ne sera jamais aussi élégante.

On retient. Et puis on laisse aller.

Jours de gloire

Les choses sont différentes maintenant que tu es en cinquième. En quatrième, tout était plus simple, et plus clair, et tu avais un kick sur Optimus Primus. Tu dessinais des cœurs et des becs partout dans le livre à colorier des Transformers, le côté de ta bonne main taché d'encre bleue. Si quelqu'un rentrait dans la chambre, tu fermais le livre, rapidement, mais pas trop, parce que l'important, avec les kicks, c'est que quelqu'un sache que tu en as un, mais pas que tu veuilles qu'il le sache.

Optimus Primus : presque un homme, presque un camion, mais aucun des deux en réalité, et c'était parfait comme ça. Tu comprenais très bien quand ils disaient *more than meets the eye*. Ça voulait dire qu'il saurait quand te prendre la main, quand admirer tes dessins de lui, quand faire éclater Brian Freeholt, ce petit boss de bécosse morveux, en un bouquet de tripes violettes, durant la récréation, juste après qu'il t'ait traité de roi des gai lurons. Ce qui était une insulte pathétique, tu le savais, puisque gai, ça voulait dire joyeux, et il n'y avait personne de plus joyeux qu'un roi. Personne. Mais ça, c'était en quatrième, et maintenant, c'est la cinquième, et la cinquième, ça veut dire *Vingt mille lieues sous les mers,* les pelotes de hibou à disséquer, la danse western et une nouvelle géométrie – la géométrie de Bruce.

Tu pouvais presque le voir : Bruce revenant à la maison en sueur et épuisé, argumentant pour savoir qui va faire le souper, les sentiments froissés, et puis peut-être une colle de réconciliation, et ensuite, tu n'étais pas certain de ce qui allait arriver, mais juste de l'imaginer, ça te faisait serrer les cuisses ensemble, jusqu'à ce que tu ressentes une drôle de sensation le long de la colonne vertébrale.

Quand tu étais au sommet de ton obsession pour Optimus Primus, ta mère t'a demandé, un jour, si tu voulais voir un Transformer « dans la vraie vie ». Tu as hoché la tête, en te demandant si elle pouvait voir ton cœur bondir à travers ton chandail. Elle t'a emmené dans la cave et t'a montré l'ancienne machine à coudre de ta grand-mère, qui était vissée solidement dans un meuble de bois.

– Regarde ça, a-t-elle dit, soulevant un rabat et cachant la lourde machine de fer noire dans le trou créé au milieu du meuble, ça se transforme... en table. Pas mal cool, hein ?

Tu l'as fixée, en pensant que ton frère avait peut-être raison : peut-être qu'elle te détestait pour vrai parce que tu étais sorti de son trou de fesses au lieu de son nombril, comme lui.

Et maintenant, tu te souvenais de cette femme avec affection et avec regret. Tu aurais souhaité lui prendre la main et lui dire :

– Wow, mom, c'est vrai que c'est cool. On devrait passer plus de temps ensemble.

Après tout, tu la comprenais mieux aujourd'hui – aujourd'hui, toi aussi tu savais ce que ça voulait dire le désir des hommes.

Ta nouvelle relation avec Bruce n'était pas une chose que tu croyais pouvoir partager, ni avec ta mère, ni avec les nombreux hommes qu'elle ramenait à la maison pour te rencontrer, ni avec ton frère et ses amis poilus. Surtout pas avec eux. Ils considéraient Bruce comme démodé et un peu plaignard, lui préférant l'attitude arrogante et les cris de fillette-sur-la-drogue de KISS et Alice Cooper. La fois où tu as essayé de les impressionner en laissant tomber nonchalamment l'aiguille sur *Darkness on the Edge of Town* pendant qu'ils étaient tous assis autour de la table de la cuisine, ils se sont mis à renifler comme des pit bulls et à se moquer de la pochette de l'album.

– Fudge, le gars vient-tu juste de tomber d'un vieux pick-up ? Il a l'air d'un cuisinier de fast-food.

Ton frère a fait sauter l'aiguille de la table tournante, a lancé le disque sur un tabouret, et a rapidement sorti *Master of Reality* de sa pochette.

– Désolé, les gars, la prochaine fois, je garde la porte barrée.

Tu ne comprenais pas ce que les métalleux voyaient dans ces gars-là – ils avaient l'air de filles déguisées pour l'Halloween. Et ils ne faisaient même pas de belles filles. Et si ça avait été le cas, qu'est-ce qu'il pouvait bien y avoir de viril là-dedans ? Bruce n'était pas beau non plus, mais il était plus que beau, en quelque sorte. Il te rappelait cette gorgée de vin que tu avais goûtée dans le fond d'un verre que ta mère avait oublié après un de ses rendez-vous amoureux. Au début, ça avait fait tourner ta langue dans son palais rose, et tu avais presque recraché la gorgée sur le plancher de la cuisine, mais ensuite, ça avait brusquement changé dans ta bouche, prenant comme de l'expansion et de la maturité, jusqu'à ce que ça devienne presque insupportable de richesse et de plénitude. Ça n'avait rien à voir avec le liquide fruité, sirupeux et sucré que la couleur t'avait fait imaginer. C'était meilleur.

Tu écoutais Bruce et tu te demandais comment c'était possible d'avoir déjà fait assez d'erreurs pour engager résolument ton existence dans la mauvaise direction, toujours à côté de la plaque, comme un arbre planté trop près de la clôture, son écorce s'infiltrant douloureusement, pouce après pouce, dans les planches peinturées. Ce samedi-là, tu étais étendu sur le plancher frais de la cave, le téléphone pressé contre ton oreille, quand l'un des amis de ton frère, un grand maigre qui s'appelait Aaron, est passé à côté de toi en se dirigeant vers les toilettes. Aaron était pratiquement un adulte, il avait un an de plus que ton frère – il venait de commencer son secondaire trois, à l'école où les jeunes fumaient sur la pelouse, en face, et pichenotaient leurs mégots sur les voitures à travers les grillages. Tu aimais la façon qu'il avait de toujours porter des nouveaux t-shirts de Maiden, comme s'il en avait une cargaison infinie à l'arrière d'un camion, quelque part. Et peut-être que c'était le cas. Il venait de ce genre de famille.

Tu as composé le numéro à l'arrière de la boîte de Smarties, juste en dessous de la phrase *Communiquez avec nous pour plus d'information*, en écoutant l'eau couler dans la salle de bains et Bruce brailler à propos de l'autoroute et de l'endroit où elle pourrait bien le mener.

– Nestlé, a dit une voix avec un accent du Sud.

– Allo, as-tu dit, j'appelle pour avoir plus d'information.

– Pardon?

– Ben, j'aimerais avoir plus d'information. Sur la boîte, ça dit de vous appeler pour en avoir plus.

– Euh. Et y a-t-il un produit qui vous intéresse en particulier?

Tu as bloqué quand Aaron est sorti de la salle de bains, essuyant ses mains sur ses jeans; il t'a vu couché sur le plancher, en plein milieu d'une conversation absurde avec un centre d'appels de l'Arkansas ou du Bangalore. Aaron t'a lancé un clin d'œil, puis t'a aspergé le visage avec les quelques gouttes d'eau qui restaient sur ses doigts.

– Hé, tapette, a-t-il dit, sans méchanceté.

T'as pas de vie, as-tu prononcé tout bas, et il a souri, et il t'a envoyé un bec sonore.

– Allo ? a dit le téléphone, alors que les fesses en jeans délavé d'Aaron disparaissaient en haut des escaliers. Y a-t-il quelque chose qui vous intéresse particulièrement ?

Tu as pensé à cette question jusqu'à ce que la ligne soit coupée, et après que le disque s'est éjecté tout seul, tu étais encore sur le plancher de ciment froid, le téléphone reposant entre tes jambes ; les petites fenêtres s'assombrissaient.

Quelques semaines plus tard, tu étais en train de marcher sur Ethelbert en direction de la rivière, quand tu as vu Aaron assis sur un banc à un arrêt d'autobus. À côté de lui, il y avait un homme de l'âge de ton père, à peu près, la dernière fois que tu l'avais vu. Il avait des cheveux gris lissés, avec un menton carré et hirsute – il était ce que ta mère aurait qualifié de renard grisonnant. Tu as baissé les yeux et tu as continué à marcher, mais Aaron t'a abordé.

– Quoi de neuf ?

– Rien.

– Tu te promènes ?

– Ouaip, as-tu dit.

La vérité, c'est que tu t'en allais à la recherche de trésors enfouis dans le tapis de boue collante laissé par la rivière après les inondations du printemps mais, pour une raison ou pour une autre, ce n'était pas le genre de détail que tu avais envie de partager avec Aaron.

– Cool. J'aime ça me promener moi avec. Tu rencontres toute sorte de monde.

– Ouaip.

Tu as fixé les orteils de tes runnings, en te demandant quand est-ce que ça serait correct de repartir.

– Comme moi, a dit l'homme étrange.

Tu l'as regardé.

– C'est comme ça que tu m'as rencontré, a dit l'homme, et Aaron a roulé des yeux.

– Vous êtes pas son père ? as-tu dit.

Pour la première fois, tu t'es rendu compte à quel point ta voix sonnait comme celle de Mickey Mouse.

L'homme s'est mis à rire. Il a ri et ri, vraiment plus que nécessaire. Aaron n'a pas ri. Il t'a souri, le genre de sourire que l'on perçoit plus dans la bouche que dans les yeux. Puis il a dit :

– Hé, j'ai quelque chose pour toi.

– Ah ouais ?

– Ouais. Jerry, donne-lui ce que t'as trouvé à la vente de garage.

– Quoi ?

– Donne-lui. Il tripe sur Springsteen.

– Ben, ça s'adonne que je tripe sur Springsteen moi avec.

Aaron a roulé des yeux à nouveau.

— Tu tripes sur l'idée de Springsteen. C'est pas pareil.

– Euh, a dit l'homme.

Il avait l'air irrité, mais il a quand même glissé la main dans sa poche pour en ressortir une cassette. *Born in the USA*.

– Merci, as-tu dit, même si tu l'avais déjà en vinyle.

L'homme a levé les mains et haussé les épaules, comme pour répondre *Y a rien là*, mais aussi *Qu'est-ce que tu veux que j'y fasse ?*

– Profites-en, a-t-il dit.

– À plus, a dit Aaron, et ça voulait dire que c'était tout.

Finalement, on dirait bien qu'une cassette rebondit encore mieux qu'une roche plate. Tu as pris ton élan pour te pratiquer, pour réchauffer ton bras, et puis tu l'as envoyée valser sur la surface lustrée de la rivière. Tu as compté les bonds. Sept.

La chemise

J e suis allé au party parce que Marty a insisté, et peut-être aussi un peu parce que j'avais la vague impression qu'il allait se passer quelque chose. Un de ces chatouillements psychiques qui annoncent un événement ou un changement majeur dans une vie, même si, en général, je me trompe toujours sur ces affaires-là. À 15 ans, j'ai fait une crise d'angoisse qui a duré trois jours – quand ça s'est terminé, O. J. Simpson a été reconnu non coupable. J'ai appris à être attentif à mes impressions, mais en sourdine, comme on écoute la radio en faisant autre chose, avec l'arrière du cerveau. On porte attention ou pas ; d'une façon ou d'une autre, la radio est allumée.

– On va faire acte de présence, a dit Marty, comme si on était des célébrités.

Marty avait besoin d'un ailier, et j'étais heureux de lui rendre ce service. C'était ça, ou écouter des épisodes de *The Wire* avec deux doigts de scotch. Je ne dis pas ça dans le but de faire pitié. À partir d'un certain âge, un homme se sent confortable avec les alternatives qu'il a développées. Mais je sentais que j'en devais une à Marty, et un party – des étrangers, de la compagnie, une petite dose de bonnes vieilles polémiques – me semblait un remboursement adéquat.

Le party n'avait pas l'air d'avoir levé l'ancre encore. Des radeaux de gens dérivaient ici et là, débris et épaves, les rescapés tenant des bouteilles par le goulot. Il y avait plus de personnes que je ne connaissais pas que de personnes que je connaissais. Ça, ça devenait la norme.

J'ai remarqué la chemise avant de remarquer celui qui la portait. C'était une Dior, rayée et boutonnée serré, aristocratique dans ses couleurs vives. Bleue et dorée, avec des teintes marine. Je savais que c'était une Dior parce que j'avais la même. Ce n'est pas tout le monde qui peut se permettre une chemise Dior, et je m'inclus dans cette catégorie. Je l'avais achetée parce que ma blonde, à l'époque, aimait les excès, en matière de mode, du moins, et j'expérimentais. Je ne sais plus trop avec quoi. J'expérimentais avec l'expérimentation. Elle et moi, on a cassé et la chemise est passée de la rotation intense à la rotation moyenne. Je la portais quand le jour du lavage approchait. Éventuellement, elle s'est retrouvée au fond de ma garde-robe, squeezée quelque part entre deux parkas et une chemise hawaïenne que j'avais déjà trouvée très belle. Il y avait une brûlure de cigarette entre le troisième et le quatrième bouton, qui datait d'une fois où Marty avait voulu me serrer dans ses bras mais avait manqué son coup.

Le gars qui portait la chemise a traversé mon champ de vision plusieurs fois durant la soirée. Je l'ai croisé sortant des toilettes, et après je l'ai vu avec trois autres gars debout dans le corridor. Ils avaient l'air d'être en train de parler d'un film, mais j'ai entendu un des gars dire « PvP ou PvE » et j'ai compris qu'il s'agissait de jeux vidéo. Plus tard, quand je suis allé dans la cuisine pour me chercher une autre bière dans le frigo, je l'ai vu sur le balcon, où il fumait une cigarette en solo. Il n'avait pas de manteau, c'est pour ça que j'ai su que c'était le même gars. Une ancienne blonde m'a déjà dit que j'étais comme daltonien pour les faces, mais c'est juste avec les hommes que ça me fait ça. Je n'ai aucune difficulté à distinguer les femmes ; pour les hommes, il faut que je me fie à leurs cheveux ou à leurs vêtements. Dans les films des années 1950 et avant, je suis complètement perdu – toutes ces coupes en brosses et ces combos chemise-cravate.

– Andrew, a dit Marty, apparaissant à côté de moi avec une fille dans son sillage, je te présente Selena. Elle vient juste de déménager ici, elle arrive de Pékin. Selena, Andrew a déjà habité en Chine.

J'ai précisé :

– Taiwan.

– C'est ça, a dit Marty.

– Où à Taiwan ? a demandé Selena.

– Taipei.

– Combien de temps ?

– Deux ans, ai-je dit. J'étais professeur d'anglais.

– J'y ai habité aussi quelque temps, durant mes études, a dit Selena.

– Parfait ! a dit Marty.

Il s'est poussé, et Selena et moi, on a commencé à parler de Taipei. Je lui ai raconté comment j'avais appris aux élèves de ma classe à chanter *Ring of Fire* de Johnny Cash plus ou moins phonétiquement, et comment j'avais eu l'impression, au départ, que j'allais toujours me sentir mal à l'aise de mesurer six pieds, et finalement non, jamais, et comment certains plats me manquaient encore et comment je n'arrivais pas à les retrouver ailleurs.

– Il y avait un genre de légume vert. J'avais jamais vu ça avant, et après non plus, mais ils mettaient ça dans tout, tout le temps. Au début, j'haïssais ça, mais maintenant, j'ai comme des envies qui me prennent. Ça me travaille depuis des années.

Je ne sais pas pourquoi j'ai dit ça, puisque je n'y pensais plus depuis longtemps. Mais en parlant avec Selena, j'ai soudainement senti que c'était très important, comme si elle allait devenir la clé me donnant accès à une plus grande compréhension de moi-même.

– Tu vois de quoi je parle ?

– Pas vraiment, a dit Selena.

– C'était comme une combinaison de chou kale, de moutarde, pis de quelque chose d'autre, de quasiment savonneux, de la coriandre peut-être ?

Selena a secoué la tête.

– Je vois pas.

– Bon, en tous cas.

– Ouais.

Elle m'a souri à ce moment-là, d'une manière qui m'a rappelé mon ancienne blonde Jinghua. Ce n'était pas uniquement parce qu'elle avait le même accent, où les consonnes s'enroulent autour des voyelles, comme des mains en coupe. C'était ce genre de sourire que j'avais toujours interprété comme étant secrètement pour moi – il y avait une part publique, qui servait à montrer au monde que tout allait bien, mais il y avait aussi une chambre privée, une chambre d'ironie et de plaisir retenu, réservée à mon nom exclusivement. Maintenant, je me voyais de l'autre côté de ce sourire et je me suis demandé ce qui pouvait bien se passer dans la tête de Jinghua.

Un peu plus tard, je me suis retrouvé sur un sofa avec Selena, le gars avec la chemise, et deux ou trois autres personnes. Quelqu'un avait mis Velvet Underground. Marty était parti au dépanneur depuis un bon moment avec la fille qu'il avait spottée, alors les choses semblaient avancer rondement de ce côté-là. Selena a mentionné que j'avais été professeur d'anglais, et le gars avec la chemise a paru sérieusement intéressé.

– T'aimais-tu ça, enseigner l'anglais ?

– J'imagine que oui. C'est gratifiant de voir en direct les gens devenir meilleurs dans quelque chose qui va leur servir dans la vie.

– C'est quoi ton temps de verbe préféré en anglais ? a-t-il dit, en se penchant en avant avec les mains sur ses genoux.

Le collet de la chemise était effiloché et il y avait une brûlure de cigarette entre le troisième et le quatrième bouton. Après un moment de réflexion, j'ai dit :

– Le *present perfect*.

– Pourquoi ?

– C'est le plus difficile à expliquer. Je sais pas si c'est particulier à l'anglais, mais il y a beaucoup d'étudiants en anglais langue seconde qui ont de la misère avec. Mais une fois que tu l'as compris, ça change ta façon de percevoir le temps. Pis, aussi, c'est clairement le meilleur nom.

– « Présent parfait », a dit la fille qui habitait, je pense, dans l'appartement dans lequel on était.

J'ai jeté un autre coup d'œil à la chemise. Elle ne lui faisait pas comme elle me faisait à moi – elle semblait plus longue, mais elle était plus serrée à la poitrine et aux épaules. Il était plus baraqué, comme un gars qui s'entraîne, ou qui s'entraînait.

J'étais parti de Taipei cinq ans auparavant, après six mois de chômage et de dérive éthylique. Ma chambre se résumait à un futon et à quelques cassettes de musique. J'avais un certificat du TOEFL et une prescription d'Adderall, et je me foutais un peu de l'endroit où j'allais atterrir. Je me souviens de m'être endormi dans la chemise Dior la nuit avant mon départ, à côté d'une fille que j'avais rencontrée dans un bar. Le lendemain matin, elle était assise sur le futon, nue en dessous de la chemise, buvant du café pendant que je paquetais frénétiquement mes affaires. Je lui ai demandé :

– Tu veux-tu que je te laisse quelque chose là-dedans ? Du linge ? Une tasse à café ? De la musique ? J'ai une cassette copiée de *Live at the Gymnasium*.

Mais elle n'avait pas de radio. Je lui ai envoyé une carte postale en arrivant à Taiwan et on s'est écrit quelques fois, et ensuite, j'ai rencontré Jinghua, fin de l'histoire.

– Qu'est-ce que tu veux dire, ça change ta façon de percevoir le temps ? a dit le gars.

– Ben, c'est parce que ça décrit pas un événement qui arrive à un point spécifique dans le temps, comme, mettons *« I ate a sandwich. »* C'est plus comme une façon de décrire quelque chose qui fait partie de ton expérience de vie totale. *« I have eaten a sandwich. »* Ton sandwich, tu l'as pas mangé à un moment spécifique, mais tu peux quand même affirmer que l'action de « manger un sandwich », c'est quelque chose que t'as déjà fait.

– Ton expérience de vie totale. C'est bon, ça. J'aime ça, a dit le gars.

– Charmant, a dit la fille qui habitait l'appartement.

Les gens disaient que j'avais changé quand je suis revenu de Taiwan, et c'est vrai, j'avais changé. Mais pas de la façon qu'ils pensaient.

– Andrew s'est fait bouffer les couilles par une germaine, ont dit les gars.

Les filles ont plutôt dit que j'avais été « domestiqué ». C'est vrai que je n'ai pas recommencé à faire la fête comme avant, mais ce n'était pas vraiment ça, pas exactement. J'étais comme une personne qui vient de se rendre compte que sa maladie incurable, mortelle, n'est en réalité qu'une bonne grosse allergie. Les gens voyaient quelque chose dans mon regard, la découverte inédite de la vie toujours à portée de main, et ils prenaient ça pour du calme, ou de la résignation. Je m'en foutais.

Il ne restait plus de bière. Marty était parti depuis ce qui me semblait des heures, et j'ai conclu qu'il avait abandonné le party pour aller se réfugier dans un lieu plus propice. Ce n'était pas bizarre venant de Marty. Une fois, à l'époque de l'université, il ne s'était pas pointé à un souper d'amis. On s'était mis à s'inquiéter, à s'inquiéter pour vrai, et au moment où on était sur le point d'appeler les différents hôpitaux de la ville, il était arrivé, complètement chaud, un peu après minuit, avec une énorme sucette dans le cou.

Je me suis proposé pour aller au dép, et le gars avec la chemise a dit qu'il venait avec moi. Dans le vestibule, quelqu'un avait placé toutes les Blundstones en ordre croissant de tailles et ça nous a pris un certain temps pour retrouver les nôtres.

– Ta chemise, elle est-tu griffée ?

Le gars a froncé les sourcils.

– Ouais, je pense que c'est du Ralph Lauren ou de quoi de même.

Il a prononcé « Lauren » comme s'il disait le nom d'une fille : *Lorraine*.

– Tu savais-tu que le vrai nom de Ralph Lauren, c'est Ralph Lifshitz ?

Il a réfléchi à ça en enfilant son manteau.

– Je pense ben que je le savais, oui.

Quand il a ouvert la porte, un mur d'air froid nous a salués. Après l'air chaud et renfermé du party, ça faisait du bien. L'escalier était saupoudré d'une fine couche de neige neuve – elle devait être tombée après notre arrivée, à Marty et à moi. J'ai dit, en descendant l'escalier :

– Ce qui est comique, là-dedans, c'est qu'il y a des gens qui changent leur nom de Lipshitz à Lifshitz.

– Ouais, parce que, tsé, c'est vraiment le *lip* qui est problématique, on s'entend.

Un peu surpris, j'ai continué :

– C'est ça. Tsé, on peut pas commencer à laisser le monde se promener pis nous appeler *Lip-Shits*. Bingo ! J'ai trouvé ! On change ça pour *Lif*.

– J'avais une prof d'anglais au secondaire qui s'appelait madame Holding Dicks.

– Non.

– J'te jure.

– Comment ça s'épelait ?

– H-O-L-D-E-N trait d'union D-I-X.

– Tu me niaises.

– J'ai entendu dire dernièrement qu'elle l'avait fait raccourcir : maintenant, c'est juste Dix.

– Ça, c'est quand même drôle.

– Je pense que je sais pas ton nom.

– Andrew.

– Neil.

On a fait le reste du chemin jusqu'au dépanneur en silence. Maintenant qu'on s'était présentés, on était soudainement timides, comme un couple après le premier baiser. On a payé pour une caisse de bière et on est revenus à l'appartement. La neige était trop fine pour craquer ou même grincer – elle absorbait nos pas comme du feutre épais.

À la manière d'un gars qui vient de commencer à s'intéresser à la mode masculine, je lui ai demandé où il avait pris sa chemise.

– Oh !

Son visage est devenu pensif, comme s'il voulait donner l'impression qu'il ne se souvenait pas d'où elle venait.

– Elle était à mon ex. Elle l'a jamais portée, fait qu'elle me l'a donnée. Elle l'avait eue d'un gars avec qui elle avait eu une aventure, rien de sérieux. Elle l'avait volée dans sa garde-robe. Elle était un peu clepto, la fille. Je suis pas mal sûr qu'elle m'a déjà piqué 50 piasses.

Il avait l'air plus triste que fâché en me racontant ça.

– C'était quoi son nom ?

– Kara.

– Tara ?

– Kara.

On est passés sous un lampadaire, puis sous un autre. J'ai dit :

– C'était moi.

– Quoi ?

– C'était moi.

– Quoi, c'était toi ?

– Le gars. L'aventure. Le gars à qui elle a pris la chemise. C'était ma chemise.

Neil m'a regardé. Il a eu l'air d'être sur le point de dire quelque chose, mais a changé d'idée. Et finalement :

– Tu veux-tu que je te la redonne ?

– Non, man. C'est à toi.

On était de retour à l'appartement. Neil a plus ou moins joggé jusqu'en haut des marches, les bouteilles cliquetaient les unes contre les autres dans la caisse. Pendant que j'enlevais mes bottes dans le vestibule, je pouvais entendre la voix plaintive de Marty dans la cuisine.

– Yo, c'est quoi, l'affaire ? Je t'avais dit que je partais dix minutes !

J'ai enlevé mon manteau et je l'ai accroché sur le coin de la porte ouverte.

– Désolé. On était sûrs que tu reviendrais pas.

Marty était offusqué d'entendre ça.

– T'aurais pu texter.

– « Yo, dawg, fait que t'es dans la zone ou t'es pas dans la zone » ?

Il a penché la tête, réfléchissant.

– Ça m'étonnerait. Elle était comme « vite, faut pas que je manque le dernier métro ».

– Poche.

– Les femmes, qu'est-ce tu veux.

On a cogné nos bières ensemble. Il a dit :

– Pis, qu'est-ce qui se passe avec Selena ? Ça marche à ton goût ?

– Je me suis comporté comme un parfait gentleman.

– Quoi, t'es genre trop bien pour elle, c'est quoi ?

– Je suis pas exactement sur le marché. Mais j'apprécie l'effort.

Il a plissé les yeux.

– Man, faut que tu regardes en avant. Tu sais ce que dit mon père.

Je le savais.

– « La seule façon d'oublier quelqu'un, c'est de pénétrer quelqu'un. »

– Je le sais. Merci.

– Anyway.

Il s'est dirigé vers le salon. J'ai mis mes doigts sur mes yeux et j'ai appuyé fort. Quand je les ai enlevés, Neil se tenait devant moi. Il avait l'air d'être au milieu d'une aura rouge foncé. Après quelques instants, ça s'est estompé. Il m'a dit :

– Tu fumes ?

– J'ai arrêté.

– Cool, félicitations.

Il est sorti sur le balcon. Je l'ai suivi.

– Un peu d'air frais, ça me ferait pas de mal.

Neil a hoché la tête.

– Combien de temps t'es resté avec Kara ?

– Un an. Un an et quelque.

J'ai acquiescé, en essayant de ne pas avoir l'air surpris, même si je l'étais.

– Est-ce que vous... Est-ce que tu la vois encore ?

En guise de réponse, il a levé sa bouteille de bière à moitié pleine, l'a collée sur sa bouche et l'a calée en une seule gorgée interminable. Puis il l'a déposée sur la balustrade du balcon, avec précaution, l'air résolu. Il a souri, les lèvres pincées, et il est rentré.

Sa cigarette fumait encore, alors je l'ai ramassée et j'ai tiré une bouffée. Je me suis souvenu de quelque chose dans un roman de Ian Fleming. *Le verre que Bond préférait était le verre qu'il avait en tête, avant le premier verre de la journée.* J'imagine que Fleming devait savoir de quoi il parlait.

La porte s'est ouverte et Neil est réapparu, avec un épais manteau de nylon. Son visage était calme, mais il avait l'air excité, comme enflammé de l'intérieur, comme si quelque chose en dessous de sa peau cherchait à sortir. Il m'a dit :

– Excuse-moi pour ça, man.

Il s'est raclé la gorge.

– C'est juste que, tsé, Kara est morte. Je veux dire, elle est morte. Fait que non, je la vois pas vraiment, si tu vois ce que je veux dire. Même si c'est pas vrai, au contraire, en fait. En fait, je la vois tout le temps. Tsé ? Genre, je vois une fille dans la rue ou quelque chose, pis pendant une seconde, je suis comme, eille, c'est Kara, ou je suis dans le bus pis soudainement je, tsé, je sens son parfum, pis soudainement, c'est comme si elle était juste là, tu vois ce que je veux dire ?

– Ouais.

– Mais c'est pas elle.

– Non.

– Fuck. Je suis désolé. Je suis tellement un égoïste en ce moment. Je suis désolé que tu l'apprennes de même.

– C'est correct. Je la connaissais pas tant que ça.

– Elle était super correcte, a dit Neil, la gorge nouée, et je me suis rendu compte qu'il essayait de ne pas pleurer.

Je lui ai tapoté l'épaule deux ou trois fois, et je suis rentré.

*

Dans les toilettes, j'ai cherché la page Facebook de Kara. Ça m'a pris un peu de temps à trouver parce que je n'arrivais pas à me rappeler son nom de famille. Quand je l'ai trouvée, j'ai vu que c'était devenu une sorte de mémorial, comme ces bouquets de fleurs qu'on voit parfois le long des autoroutes.

TU ME MANQUES
ON T'<3 4VER
<3 <3 <3
Hé Kara j'ai pensé à toi toute la journée tu me manques tellement fille

JE T'AIME

<3

Les messages étaient vieux; le plus récent datait du printemps dernier, à peu près quand Jinghua et moi, on était en train de se laisser pour la dernière fois.

Quelqu'un a cogné dans la porte et j'ai dit :

– Deux secondes.

＊

Une fois, Jinghua et moi, on a pris le TGV jusqu'à un petit village de pêcheurs dont le nom m'échappe. On avait eu l'idée d'aller pique-niquer dans la nature, mais on semblait incapables de la retrouver. On a marché à travers trois ou quatre villages, avec l'impression chaque fois renouvelée que les immeubles allaient s'espacer et que la nature reprendrait ses droits, qu'on allait arriver sur les berges d'une petite rivière ou sur les flancs d'une colline ombragée, où on pourrait étendre notre couverture, mais chaque village fusionnait avec le suivant. C'était le printemps, la journée aurait été considérée comme magnifique selon les standards du Québec, mais c'était froid pour Taiwan. Jinghua frissonnait dans son manteau léger. Après une heure de marche, on a décidé de rebrousser chemin et de revenir à la station, de s'acheter un lunch là-bas et de se reprendre pour le pique-nique. On a traversé un pont au-dessus d'une rivière qui avait un débit assez puissant pour le temps de l'année. J'ai proposé un jeu à Jinghua :

– On laisse tomber nos plats dans la rivière pis on regarde lequel des deux se rend de l'autre côté en premier.

J'ai fait un *X* sur mon plat et un *O* sur le sien, puis on a compté jusqu'à trois, et on les a laissés tomber ; on a couru de l'autre côté du pont et on a attendu que les plats apparaissent. On riait tous les deux comme des enfants.

– Vas-y, mon petit plat, go ! a crié Jinghua.

Le vent a fouetté ses cheveux et j'ai pensé que jamais je ne serais aussi amoureux d'elle qu'à cet instant précis.

Et c'était vrai, je n'ai plus jamais ressenti ça. Même si on est restés ensemble presque trois ans, en incluant une année épuisante de relation à distance et ce printemps désastreux qu'elle a passé à Montréal, le printemps où on a cassé pour de bon, et même si je l'aimais plus sincèrement et intensément que n'importe qui d'autre que j'ai jamais connu, et j'inclus ma famille là-dedans, cet instant sur le pont a été le moment où mon sentiment était à son sommet, la dose maximale d'amour que j'avais à offrir. Évidemment, je ne le savais pas à l'époque. Est-ce que ça aurait été moins pire si je l'avais su ?

❋

La neige avait recommencé à un moment donné durant la nuit. Nos empreintes, celles de Neil et les miennes, étaient presque complètement effacées maintenant, et j'ai perdu leur trace à un bloc de l'appartement. Mon vieux lecteur MP3 avait la radio en option et je l'ai allumé. La programmation nocturne de la CBC, ces voix qui sonnent à peine étrangères : hollandaises, sud-africaines, vieil empire en ruine. Un reportage sur les courses de go kart, quelques vieux classiques. Fats Domino chantant *Blueberry Hill*. Et soudainement, j'ai compris que ce que je croyais être très épais était en fait très mince, la fine couche de crémage sur un gâteau étagé de tristesse dont j'avais oublié l'existence. Ces bleuets chaleureux, cette colline solitaire. Je me suis vu comme télescopé, je me suis senti émerveillé et très vieux en me remémorant toute la tristesse que j'avais ressentie, plus ou moins depuis le début de l'âge adulte, et même avant. Il y en avait beaucoup, de la tristesse, il y en avait tout un marché aux puces. Et pourtant, la plus grosse tristesse du lot, la pièce maîtresse qui palpitait et qui brillait comme une pépite d'uranium, cette tristesse-là ne m'appartenait même pas.

Un ours polaire au musée

D ans le cours d'éducation physique, il faut qu'on se mesure avec des grosses pinces en métal pour vérifier quel pourcentage de notre corps est composé de gras pur, comme si on était des sacs de popcorn pour le micro-ondes. On doit se pincer une poignée de peau avec les mâchoires de l'outil et mesurer notre ventre, nos cuisses, nos bras, toutes les parties sans poil couleur mayonnaise. L'épaisseur du morceau de chair qu'on réussit à attraper révèle quel degré de nous se résume à une masse ondulée de lard sous-cutané et à quel point on risque de mourir jeune.

Beth dit que les pinces ressemblent à quelque chose tout droit sorti du musée de la gynécologie. Elle se presse le biceps au complet, le cou, elle encercle sa tête avec les mâchoires de métal, plaçant chaque bout dans son oreille comme un stéthoscope, notant les résultats à mesure. Son pourcentage de gras corporel monte à 98. J'essaye de l'imaginer sculptée dans une livre de beurre, avec deux grains de café méprisants enfoncés dans la tête pour faire les yeux.

Beth est la plus brillante, et la plus drôle. C'est aussi la plus méchante. La serrer dans ses bras, c'est comme embrasser un paquet de cartes, tout en os saillants et en coins pointus sur lesquels on peut se couper. Elle aime répéter qu'elle va péter la gueule de Trina James après l'école, même si Trina est habituellement cédulée pour se battre avec Morgan Fernandez, qui porte un petit crucifix autour du cou, et qui a des yeux tristes couleur sépia. Trina aussi porte un crucifix, mais elle a des palettes énormes et un mono sourcil. On l'haït parce qu'elle est presque aussi laide que nous.

Trina demande si on va lui permettre de revenir dans la bataille.

– Pourquoi tu laisses pas pousser tes dents un peu plus, histoire de cacher ces gencives-là, dit Beth.

✳

Beth et moi, on joue dans le champ; comme ça, on peut fumer derrière les estrades proches de la piste de course. On n'a pas de cigarette, mais on roule des petits morceaux de n'importe quoi dans du papier et on les allume, on se penche dessus et on inspire la fumée jusqu'à ce qu'on se sente étourdies. Le fait d'être dans la classe des « surdouées », ça implique que tout le monde se fout qu'on ne puisse pas lancer une balle courbe ou courir au deuxième but sans être essoufflées, alors on se cache jusqu'au moment où il faut se remettre en uniforme, avec nos blouses blanches et nos jupes bleu foncé, pour se faire aller le cerveau.

Il faut qu'on soit dans les cours d'éduc avec les élèves du régulier, pour éviter de devenir snobs et condescendantes. Corey Kowalchuk est au régulier, et il est tellement beau que ça rend triste, juste à le regarder ; ça rend triste, aussi, de penser que dans 40 ans, il va être soit très laid ou soit mort. Une fois, il dit à Beth que Mitch Lewis, le gars assis à côté de lui sur l'exerciseur, a un kick dessus, et qu'il se branle à chaque soir en pensant à elle, avec le téléphone tout près pour l'appeler au moment où il vient. Mitch se contente de fixer ses Adidas blancs, qui ressemblent à des petits vaisseaux spatiaux. Après ça, Corcy se tourne vers moi et il me dit d'une voix qui sonne blasée que Mitch veut me mettre, mais que sa graine est trop petite, alors il va attacher un manche à balai après, et comme ça, il va pouvoir me défoncer jusqu'à ce que je déchire et que je saigne. Mitch continue à fixer ses runnings, la face toute plissée de colère. Secrètement, je suis excitée par ce que Corey vient de me dire.

Les parents de Corey habitent à l'autre bout de ma rue, et dans le temps du primaire, on prenait toujours le bus ensemble jusqu'à l'école publique au centre-ville, parce que nos parents ne voulaient pas nous envoyer au privé, même si c'était dans le quartier, de peur qu'on devienne des trous de cul. On s'assoyait toujours ensemble dans le fond du bus, tout pognés dans nos manteaux d'hiver fluo, et on inventait des blagues niaiseuses sur nos profs. Une fois, le bus est passé dans un énorme nid de poule, et nos petits corps d'enfants ont rebondi vraiment fort dans nos sièges, et on s'est juré, tous les deux, qu'on avait senti le plafond du bus râper nos cheveux sur le dessus de nos têtes. Quelques années après ça, Corey a commencé à se geler la face durant la récréation, et moi, j'ai commencé à porter des brassières et à écouter des comédies musicales, et on a plus ou moins arrêté de se parler, sauf quand Corey a un petit cul de secondaire deux comme Mitch Lewis à humilier devant nous. J'imagine que c'est des choses qu'ils nous ont apprises dans les cours de sexualité, même si je ne me souviens de rien, sauf de madame Jablonsky en train d'enfiler un condom sur une banane.

Trina James est peut-être une salope, ou peut-être pas, mais en tous cas, on est sûres que Mary Roberts en est une. On le devine facilement parce qu'elle porte des jupes raccourcies et des bas qui lui montent jusqu'aux genoux, et parce qu'elle rit des jokes des gars. Aussi, elle a des dents de bébé. Clairement, ces dents-là devraient se retrouver dans la bouche d'un bébé précoce de huit mois, elles sont faites exclusivement pour mâchouiller des carottes bouillies et du ragoût de céleri, et pourtant, elle sont là, alignées le long de ses gencives, comme des petites semences cousues dans du velours rouge. Beth appelle ça des dents de BJ, et on part toutes à rire, en faisant comme si on savait de quoi elle parle.

Beth ne manque pas de couilles. C'est ce que dit madame Chernyk, la prof d'arts plastiques, quand Beth refuse de faire claquer sa gomme, même si Janine Raymond, la bully de l'école, lui a ordonné de le faire. Janine adore le son de la gomme qui claque et elle oblige des classes au complet de petits culs terrifiés à le faire à l'unisson. Beth se contente de la dévisager avec mépris et de sortir les dents, ce qui la fait ressembler à un koala très fâché. Janine dit à Beth qu'elle va la massacrer après l'école, dès que Beth aura fini de sucer le concierge, sa supposée activité favorite. Mary Roberts pouffe, sa tête penchée au-dessus d'un dessin de Teemu Selänne en train de compter un but. Dans le bas de la feuille, c'est écrit *Go Jets!!!!!!!!* en lettres qui ressemblent à des éclairs. « T'es la prochaine, Roberts », dit Janine, et Mary se met en boule sur sa chaise en serrant fort son crayon HB; elle se concentre pour ajouter au moins 30 points d'exclamation de plus à sa phrase. Beth se tourne subtilement et m'envoie un sourire rassurant et plein de compassion, comme si c'était moi qui allais manger la volée du siècle par une fille qui s'est fait tatouer COUCHE-TOI! sur les jointures.

Je suis accotée sur le casier de Beth à 15 heures 30, lucide et brave, et tellement pleine d'amour résigné et douloureux que je pense que je vais casser en deux. On attend que Janine apparaisse et refasse la scène de *Génération X-trême* avec ses Doc Martens, Beth mordant la chaîne de trottoir, mais Janine ne se pointe pas finalement. Mon ardeur et ma dévotion se changent soudainement en honte, comme un ballon de volley-ball dégonflé. Après tout, moi aussi j'ai fait claquer ma gomme, comme tous les autres.

Même pas vraiment besoin de payer pour voir les bisons à l'entrée du musée. Ils sont juste là dans le lobby, leurs grosses têtes lourdes toutes pleines de sciure, de mousse et de vieux chandails. Tu peux rester là toute la journée à les contempler gratuitement. Et c'est exactement ce que Beth a en tête. Notre classe est supposée faire des recherches sur le lichen du Bouclier canadien, mais jusqu'à maintenant, Beth n'a même pas dépassé le comptoir des billets. Elle est ancrée sur les tuiles du plancher, appuyée sur notre côté de la corde de velours, comme si elle attendait d'être invitée à la cérémonie des Oscars, le regard fixe.

Les bisons sont montrés au début d'une charge, leurs yeux de vitre regardant par-dessus leur épaule avec ce qui, j'imagine, est censé représenter de la terreur ; ils sont en train de se sauver d'un groupe de chasseurs aborigènes en deux dimensions, peinturés sur le mur en arrière.

Mary Roberts s'approche de nous en flânant et nous jette un coup d'œil. Elle dit :

– Eille, tchékez ça, Beth a un nouveau chum. Il Danse avec les Orthos qui se farcit Grand Chef Gosses Molles.

J'attends la réplique de Beth, qu'elle crache une insulte ou encore qu'elle envoie une bonne claque dans la face de Mary, mais elle reste là, immobile, l'air un peu pathétique. Mary part à rire et gambade au loin.

– Man, dit Beth, tu te demandes comment ça se fait qu'ils ont pas juste trouvé des vrais Indiens à empailler.

Sa voix est neutre, et vide de tout ressentiment.

*

Le père de Beth se réincarne de temps à autre dans des corps différents, selon son humeur. Des fois, c'est un Mennonite, un peacenik qui s'est faufilé par la frontière dans les années 1960, les cendres de sa carte de conscription encore fumantes dans la poche, et qui s'est ensuite fait récupérer par les membres de l'Église de sa mère. Cette histoire-là, c'est celle que Beth raconte quand elle et moi, on est couchées sur son lit, les yeux rouges à cause du joint qu'on a finalement appris à fumer comme il faut. Sa voix, quand elle en parle, est douce et rêveuse, sans aucune trace de l'acide corrosif qui la caractérise habituellement.

Quand l'accumulation de mousse d'amiante et de crottes de souris dans le sous-sol de l'église a commencé à créer des plaques rouges et boursouflées sur la peau du jeune déserteur, la mère de Beth lui a installé un matelas dans son propre sous-sol et lui a offert toute la charité chrétienne dont elle pouvait faire preuve. Il l'a remerciée, éternuant et essuyant ses yeux humides avec un mouchoir rempli de petites horloges brodées.

Durant le jour, la mère de Beth s'occupait de la presse mécanique du groupe religieux, imprimant des pamphlets sur l'importance du travail bien fait, sur la foi et la chasteté, et la nuit venue, elle apportait du thé à la camomille au fugitif et ils discutaient de leurs opinions sur la guerre et des subtilités de leur croyances respectives. Très rapidement, les infusions se sont transformées en soupers aux chandelles partagés dans de la vaisselle de camping, et le beau jeune Menno, qui, dans l'histoire de Beth, ressemblait beaucoup à Keanu Reeves, est tombé amoureux de la belle jeune catho. Même si elle l'aimait aussi, avec ses cheveux noirs et ses habiletés en menuiserie, la mère de Beth n'arrivait pas à s'imaginer mariée avec cet homme qui ne dansait pas, mais qui chantait comme un ange, et qui aimait les bâtiments circulaires en bois taillé, sans coins poussiéreux, où les secrets et les toiles d'araignées florissaient. Aucun des deux n'était prêt à faire un compromis, et le mot *chasteté* flottait au-dessus de leur relation, comme un fantôme puant la naphtaline. Après quelques mois d'engueulades chuchotées, et de vaisselle incassable lancée sur les murs, l'objecteur de conscience est parti se réfugier dans une commune en Saskatchewan. La mère de Beth s'est lancée corps et âme dans son travail d'impression, et même si sa foi en la divine Trinité était en train de faiblir, elle tirait un certain réconfort de l'odeur de l'encre typographique.

Elle n'a reçu aucune nouvelle du déserteur pendant des années, jusqu'à ce qu'un soir, il apparaisse sur le pas de sa porte. « J'ai pas beaucoup de temps, a-t-il dit, ils m'ont retrouvé. Je vais passer en cour martiale. Demain, des amis me font passer au Paraguay. » Il ressemblait encore à Keanu Reeves, même si ses cheveux étaient plus longs, dépeignés et grisonnants. Elle l'a fait entrer. Qu'est-ce qu'elle pouvait faire d'autre ? Il est reparti le lendemain matin dans une van blanche avec une plaque de l'Alaska, et la mère de Beth n'a jamais réentendu parler de lui.

– Pis neuf mois plus tard, ajoute Beth pour terminer, je suis née.

– Attends deux secondes, Jimmy Carter a pardonné officiellement les déserteurs en 1977, ça fait qu'il pouvait pas vraiment être dans la marde à ce point-là.

(Je ne suis pas capitaine régional de *Reach for the Top* pour rien.)

– Ouais, c'est sûr, dit Beth, mais il fallait que tu appliques pour être pardonné, pis il y avait une date limite anyway. En tous cas, il a jamais reçu son pardon.

– Pourquoi il a pas appliqué ?

– Je le sais-tu ? Peut-être parce qu'il était complètement stone dans une crisse de commune, genre ?

Je reste silencieuse, et Beth relâche lentement une longue bouffée, mince comme un fil de cerf-volant.

– Anyway, ajoute Beth, tu sais c'est quoi la morale dans tout ça ?

– Non.

Une trace de chlorhydrate revient enfumer sa voix.

– Tu connais rien, ma p'tite, si tu t'es jamais fait un Mennonite.

Son autre père apparaît dans les partys, quand Beth a fumé trois ou quatre joints, et qu'elle a bu pas mal toute la vodka qu'on a chipée dans le minibar de mes parents.

– T'es totalement FINIE ! hurle Mary Roberts, et elle se met à rire comme une hystérique, la perruque argentée qu'elle porte fait de drôles de bruits de frottement. Beth grimace, attrape la main de Mary et la colle sur son ventre, obligeant deux doigts

de Mary à caresser une petite bosse qui ressemble à une cicatrice d'appendicectomie.

– Tu sens-tu ça ? dit Beth, pas fort, pendant que Mary glousse. C'est un cadeau que
mon père m'a laissé. Tu sais-tu comment il
s'appelait, hein ? Grand Chef Gosses Molles.

– Ouch, dit Mary, en se libérant de l'emprise de Beth. *My God,* t'es tellement *intense.*

*

La première fois que Beth et moi on fait
du mush, on se couche sur le plancher de sa
chambre et on fixe le plafond patché, aussi
longtemps que nos yeux brûlants nous le permettent. Je sens mon visage devenir chaud
et gonflé, mes joues, comme deux morceaux
de graisse en feu. L'air s'est condensé en une
série de moulins à eau tournants et inter-
connectés qui, pour une raison quelconque,
apparaissent seulement en rouge vin et en
beige, les deux couleurs de notre équipe à
l'école. J'ai envie d'en parler à Beth, mais ma
gorge s'est télescopée hors de mon corps, à
dix pieds au loin, alors c'est dur de faire passer des mots par ma bouche. De toute façon,
Beth est en train de tourner les pages d'un
Maclean's en riant toute seule, et je ne veux
pas la déranger.

Plus tard, on va au club social pas loin
de chez Beth et on joue à la machine à boule
de Freddy Krueger, en frappant les boutons
n'importe quand, bien avant que la boule
s'approche des flippers, et on ricane comme

des sorcières quand elle tombe dans le trou entre les deux.

– Bonne NUIT, beaux CRIS, plein de PUCES, plein de PUNAISES, dit Freddy Krueger, sa voix sortant de la machine en petites giclées numériques.

– Je suis *tellement gelée*, chuchote Beth.

En revenant à la maison, on essaye de ne pas marcher sur l'ombre de l'autre. La mienne a l'air absurdement longue et croche, comme un arbre ou une girafe qui fait du cerceau dans les vieux bonshommes animés. Je dis :

– Je suis une girafe.

Ma poitrine s'affaisse de désespoir tellement c'est un commentaire nul. Au lieu de dissoudre mon ego, comme c'est supposé le faire, le mush m'a transformée en boucle de feedback de surconscience insupportable. J'ai l'impression d'être une loser, même en tant que droguée.

Quand on arrive, la mère de Beth est là, dans la cuisine, en train d'écouter un album de Pete Seeger.

– Vous avez passé une belle soirée, les filles ? demande-t-elle.

Ma tête me donne l'impression d'avoir été vidée et d'être toute molle, Beth se pousse et s'en va dans sa chambre sans même jeter un regard dans ma direction, et je la vois disparaître en haut des escaliers. Je murmure un bonne nuit à sa mère et je monte maladroitement les escaliers en tapis. On s'endort sur le dos, mais durant la nuit, on se retourne, comme des aimants, et quand je me réveille le lendemain matin, je me rends compte que je la serre en cuillère, ma main contre ses côtes, et je peux sentir son cœur battre aussi bien que si je le tenais, nu et dégoulinant, dans ma paume.

*

L'ours polaire du musée vit dans un décor de vitre le long du corridor d'entrée des visiteurs, immobilisé tout de suite après avoir tué un phoque, dans une pose qui lui donne un air blasé. Le phoque empaillé, mort deux fois plutôt qu'une, est couché un peu plus loin; l'ours ne semble pas vraiment intéressé par sa proie. Derrière l'épaule de l'ours, le ciel de fibre optique change de couleur successivement; il devient bleu pâle, puis bleu foncé, puis noir, puis redevient bleu pâle. Des fois, dans le ciel nocturne artificiel, une aurore boréale apparaît, comme un fantôme verdâtre rasant les murs. Dans ce corridor sombre, on entend toujours le son du vent nordique qui souffle.

Un hostie de câlisse
de gâteau

S i on n'arrive pas à temps au party de
Yule d'Alicia, on va manquer l'échange
de cadeaux. Perso, je m'en fous, mais Alicia
est un peu freak et si on est en retard, elle
est capable de briser des tympans. Bruce n'a
pas besoin de ça, pas maintenant. Cody est
déjà endormi dans son parc; je lui dis au
revoir en l'embrassant, et je dis à Rebecca
de bien ranger son circuit électrique quand
elle aura fini de jouer avec. Elle roule les yeux.
C'est l'adolescence avant le temps : toutes
ces hormones qu'on rejette dans l'eau, tout
ce plastique qu'on utilise, etc. Je donne mes
dernières instructions à la gardienne et je
sors pour me rendre à la voiture. Bruce est
déjà là, sa tête accotée sur la fenêtre, une
couverture étendue sur les genoux. Il a toujours froid depuis la chimio. Je lui dis :

– Prêt pour le show du siècle ?

Il sourit. Dans sa tête, il se moque gentiment de ma façon de parler, une tentative
pathétique de vieille croûte d'être cool,
mais il est trop fatigué pour le dire tout
haut. Il est devenu silencieux, plus pensif –
il a toujours été doux et timide, mais il est
aussi brillant, avec la langue bien aiguisée, et
on dirait que ces derniers temps, il a ralenti

et s'est assoupli. *Cervelle de chimio*, ai-je lu quelque part, et je l'ai regretté immédiatement.

– Chill, on décolle.

Alicia organise ce party pour la Yule depuis cinq ans, depuis qu'on la connaît, et c'est toujours le même jour, le 15 décembre. Juste après la fin du trimestre, mais juste avant que tout le monde soit parti dans sa famille ou rendu invalide à cause des excès. Une opportunité pour les professeurs de décompresser un peu, de socialiser en dehors des bureaux, où on se saoule au café instantané et on se plaint autour de la photocopieuse.

Alicia est fière de pouvoir dire qu'elle sait recevoir en grand. Tous nos collègues seront là, ce qui implique aussi, considérant la tournure de nos vies respectives en ce moment, tous nos amis. Perso, je serais bien restée à la maison pour m'auto-infliger un traitement de canal, mais Bruce sort tellement rarement. C'est lui qui m'a convaincue d'y aller, malgré le fait qu'il ait l'air plus ou moins inconscient, accoté comme ça contre la vitre. Un petit nuage blanc de condensation grossit et rétrécit, au même rythme que sa respiration. Je touche du bois.

Alicia habite dans un condo dans la partie hip de la ville, un vieux quartier d'immigrants maintenant peuplé d'artistes et d'étudiants, où les rues bourgeonnent de cafés, de boutiques d'aliments naturels, de petits bistros qui offrent deux sortes de sandwichs végé et de la boue de lentilles épicée. Les dimanches après-midi, l'odeur plaisante des bagels se répand.

Alicia enseigne en études médiatiques, et elle est considérée comme postmoderne et vaguement radicale par une bonne partie du département. Elle demande à ses étudiants de remplir un «journal de propagande» dans lequel ils inscrivent des preuves de tentatives de lavages de cerveau, et elle donne un séminaire sur le sabotage culturel. C'est une jeune professeure respectée, pleine d'énergie et d'étincelles, un feu d'artifice à elle toute seule, et ses étudiants l'adorent. Ce qui est assez facile quand tes cours se résument à des vidéos pris sur le Web et à des analyses de photos retouchées. Je ne suis pas jalouse, pas vraiment. Mais la chimie organique, ce n'est pas le genre de sujet qui allume la flamme dans les yeux des adolescents. J'essaie de rendre ça amusant pour eux, d'apporter des collations de fruits tropicaux quand on parle des composés aromatiques, de décortiquer avec eux la structure moléculaire du café et du THC, mais ils ne s'intéressent qu'à ce qui se retrouvera dans l'examen.

On a besoin d'un diplôme en aéronautique du MIT pour se stationner dans ce secteur, mais après 20 minutes à tourner en rond, j'arrive à me faufiler entre deux voitures à un endroit qui ne sera pas trop loin pour Bruce. Je m'apprête à sortir pour aller lui ouvrir la porte de l'autre côté, et puis soudain, je me souviens.

– Attends un peu, chéri.

J'étends le bras vers le siège arrière et j'attrape une longue boîte rectangulaire du Ogïlvy, attachée avec un ruban doré et frisé. Je la lui tends.

– Bernie, dit-il.

Mes étudiants m'appellent aussi Bernie, ou madame Bernie, ce qui est comique, mais tout de même mieux que Bernadette ou, pire encore, madame Faber-Watson.

– C'est un foulard en cachemire, pis fais-en pas toute une histoire parce que c'est vraiment poche comme cadeau, essaye pas, je le sais. Tu mérites mieux que ça. Tu mériterais un hostie de château sur le Rhin, mais qu'est-ce tu veux, c'est juste un foulard en cachemire, fait que c'est ça qui est ça.

Bruce sourit et prend ma main.

– Qu'est-ce que j'ai fait pour mériter une femme aussi horrible que toi? dit-il.

– Ah, Dieu seul le sait. Bonne fête, mon monstre.

– Je t'aime, dit-il.

On s'embrasse. Ses lèvres sont sèches et froides.

*

Ça fait cinq ans maintenant que le party de Yule d'Alicia tombe le même jour que la fête de Bruce, ce qui monopolise tous nos collègues en les bourrant de tellement de canapés et d'alcool, qu'ils sont beaucoup trop nauséeux et malades de boisson pendant la semaine suivante pour penser à venir boire un verre ou même à partager un macaroni au fromage avec Bruce et moi. Et Bruce ne s'est jamais plaint de quoi que ce soit, parce qu'il est trop gentil et trop modeste. Il dit qu'il s'en fout, mais moi, ça me fâche, même si je n'en ai jamais parlé non plus. Bien sûr, Alicia sait que c'est sa fête, tout le monde le sait, et chaque année, il reçoit quelques tapes affectueuses et quelques toasts sincères, et peut-être même une ou deux gogosses de ses amis les plus proches au département, mais le party est véritablement et ultimement centré sur Alicia et son superbe condo, son système de son et le fameux DJ qu'elle a invité pour la soirée, ses plateaux de bouchées remplies d'ingrédients bio, locaux et sans gluten, comme Alicia nous le répète constamment, Alicia et sa capacité surhumaine à être intelligente, à s'affirmer et à être une prof extraordinaire, et à faire du bénévolat au centre des travailleurs immigrants, et qui a quand même le temps et les ressources nécessaires pour organiser le party du millénaire (jusqu'à maintenant!).

Je claque la porte trop fort après avoir aidé Bruce à sortir, et il fait un saut.

– Relaxe, ti-cul, tu me rends nerveux, dit-il.

Je lui prends la main et on avance ensemble vers l'escalier extérieur, qui a l'air traître à cause de la neige. Quand on arrive à la porte, Bruce se met à fredonner la mélodie de l'Étoile de la mort. Il fait un effort, pour moi. Comme ça m'arrive à peu près tous les trois jours ces temps-ci, ma poitrine se comprime soudainement d'un amour qui me fait suffoquer, un amour gros comme un géant qui m'écrase les poumons comme si c'étaient des crêpes. Et je combats le géant, parce que sinon, je vais me mettre à pleurer, ou je vais frapper quelqu'un.

On entend un cri provenant du corridor, et Alicia court vers nous : un tourbillon d'écharpes, de bracelets cliquetants et de parfum de jasmin. Je crie en retour et on s'embrasse.

– Bernadette, t'es la plus meilleure, dit-elle. Wow. T'es magueunifique.

– Je suis ravisseuse, n'est-ce pas ?

Puis elle se tourne vers Bruce et le serre fort dans ses bras, pas du tout intimidée par sa maigreur, et je lui en suis reconnaissante, même si j'ai un peu peur qu'elle lui casse une côte.

– T'as l'air bien, dit-elle.

– Alicia, maudite menteuse, il a l'air d'une merde pis tu le sais très bien.

– Allo Alicia, dit Bruce, en souriant vers le plancher. Je suis content de te voir.

– Je suis contente d'être vue. Fait que qu'est-ce que vous penseriez de mettre vos manteaux dans la chambre, de venir me rejoindre dans la cuisine pis de me laisser vous préparer des petits drinkididoos ? On est sur le point de commencer l'échange de cadeaux.

Les règles de l'échange de cadeaux sont compliquées. On choisit une boîte dans la pile, mais si on n'aime pas le cadeau qu'il y a dedans, on peut obliger les autres à « échanger » avec nous, même s'ils veulent à tout prix garder leur propre cadeau.

– Donc, dit un homme blond et mince en gilet brodé, c'est un « échange » comme ceux que le Canada a faits avec les Autochtones.

On entend quelques rires. Alicia pointe un doigt vers l'homme, en souriant, puis se touche l'aile du nez. Je me demande s'ils couchent ensemble. Quelqu'un comme elle a l'embarras du choix, et pas seulement au département. Bon, c'est un peu injuste, peut-être – elle ne peut pas être aussi sûre d'elle et aussi aguicheuse qu'elle en a l'air, non ? Malgré toutes ces grandes théories à propos de la femme contemporaine, de sa sexualité libre, ouverte et débridée, il doit bien rester quelques miettes de vieux démons qui s'accrochent à la libido féminine. La peur. La honte. La fierté.

Ma contribution à l'échange, c'est un sandwich que j'ai fait moi-même. J'ai mis pas mal d'efforts dans ce sandwich. Il est au fromage de chèvre et au tofu grillé – pour mes amis végétariens –, avec des poivrons rouges rôtis et un pesto de roquette maison, tout ça sur un pain pumpernickel qui vient de chez Première Moisson. J'y ai planté un de ces cure-dents au bout frisé et je l'ai emballé dans du Saran-Wrap. Ça peut sembler ridicule, mais c'est évident qu'il va apporter plus de bonheur que les vulgaires presse-papiers du Dollarama ou les tasses de café quétaines qui se trouvent cachés dans la pile. Mais lorsque la personne qui le choisit – une jeune prof qui enseigne, je crois, la vidéo – le déballe, elle prend un air confus. J'explique c'est quoi, et quand j'arrive au chèvre, elle couine «Allo, végé!» et s'étire pour attraper une brocheuse en forme d'hippopotame. Cette brocheuse devient rapidement le prix le plus convoité de la pile de cadeaux, et à un moment donné, un homme, qui s'appelle Martin, un des collègues les plus estimés de Bruce au département d'histoire, refuse de la céder à l'usurpateur. Ils décident de régler ça avec un bras de fer, Martin en sort vainqueur, les poings en l'air comme Mohamed Ali, et une fois l'échange terminé, je me ramasse avec mon propre sandwich. Je ris d'une façon qui, j'espère, passe pour de la bonne foi et de la bonne humeur, et je le remets dans ma sacoche.

Bruce n'a pas participé, il est resté à l'écart. Il est pâle mais il rit avec tous les autres.

– Toi pis ton chèvre, chuchote-t-il, prenant mon poignet.

Je chuchote en retour:

– Pire que Hitler, et il pouffe.

– Tout le monde PAR TERRE!! crie quelqu'un, et ce qui se passe ensuite, peu importe ce que c'est, disparaît sous un raz-de-marée de basse et de synthétiseur.

✳

Le condo, qui a déjà été une manufacture de chapeaux, est à aire ouverte ; la seule
vraie porte est celle des toilettes. Sur le chemin pour m'y rendre, je traverse la chambre
et, sans vraiment le vouloir, je m'arrête pour
examiner le mur, où sont accrochés plusieurs cadres. Il y a les diplômes d'Alicia,
des photos d'elle en randonnées dans les
montagnes en Thaïlande et des photos d'elle
recevant un prix d'excellence en enseigne-
ment. Il y a quelques images d'immeubles
en noir et blanc pseudo artistique, et un
dessin d'oiseau style vintage.

Au milieu du mur, dans un cadre noir et
sobre, il y a un portrait de trois personnes.
Je ne sais pas pourquoi je ne l'ai jamais remarqué avant ; il n'a pas l'air nouveau. Deux
des trois personnes sont des femmes d'âge
mûr, assez bien portantes. L'une d'entre elles
porte un manteau de cuir noir par-dessus
un t-shirt blanc et a les cheveux très courts,
le toupet pointé en pics. Son bras repose sur
les épaules de l'autre femme, dont le cou est
drapé d'un foulard plein de couleurs. Elle a
une coupe carrée et caramel, une trace de
rouge à lèvres pêche et de grosses boucles
d'oreilles argentées. Sa tête est légèrement
penchée vers la femme au manteau de cuir,
sa bouche est ouverte, comme si elle était
en train de rire. La première femme est plus
stoïque, mais les coins de ses lèvres sont à
peine retroussés, et on dirait qu'elle vient de
faire une blague dont elle est fière. Derrière

elles, un peu sur la gauche, on aperçoit une vieille moto Suzuki.

Entre les deux femmes se trouve une fillette pas très attirante d'environ 12 ou 13 ans. Ses cheveux sont longs et gras et ils sont séparés au milieu. Ils tombent dans ses yeux, qui regardent quelque part au-delà de l'objectif, perdus derrière les verres d'une énorme paire de lunettes. Elle porte un horrible coupe-vent turquoise à fermeture éclair. Son front et ses joues sont luisants d'acné, et elle dégage une impression de misère absolue. Si on fait abstraction des cheveux et des boutons, elle est le portrait tout craché de la femme en cuir.

J'entends des pas s'approcher et je m'enferme dans la salle de bains, en faisant attention de ne pas claquer la porte. La poignée bouge.

– Deux secondes !

– Grouille-toi, Bernie, faut que je pisse, j'ai aussi envie qu'une bite sauvage, dit la fille de la photo.

*

Un martini au pamplemousse dans la main, je fends la foule comme un brise-glace naviguant en pleine mer arctique. Un coude sort brusquement et se plante dans mes côtes, et je renverse la moitié de mon drink sur mon poignet. Je trouve Bruce et Alicia en train d'écouter le monologue d'un jeune homme à la tignasse noire et épaisse, courte en avant et longue au sommet du crâne, là où les mèches sortent comme le toit d'un abri de fortune. Ça lui donne pas mal l'air d'un ananas. Tout en parlant, il hoche la tête sans arrêt. Je tends son drink à Bruce et je lèche mon avant-bras collant.

– *Labyrinthe,* en fait, c'était un film sur le développement de la sexualité féminine, est-il en train de dire. Le passage de l'enfant à la femme, où l'accent est mis sur le rôle normatif de la maternité.

Il me salue de la tête et continue.

– Tu vois, au début, Sarah rejette le rôle d'éducatrice qu'elle se voit confier, c'est-à-dire s'occuper de son frère. Elle est encore une enfant, elle n'est essentiellement pas genrée encore, et elle veut seulement s'amuser. Mais à la fin du film, elle accepte son nouveau rôle et en vient même à l'aimer : elle aime prendre soin du bébé. Cette vision est continuellement renforcée. Hoggle, par exemple, représente clairement le phallus mâle, que la fille-enfant trouve d'abord répugnant – elle le trouve laid, vulgaire et impertinent. Mais à la fin du film, c'est devenu son meilleur ami.

– Fait que *Labyrinthe*, ça sert à apprendre aux jeunes filles à aimer les graines, dit Alicia.

Elle me regarde et ouvre grand les yeux. Je l'imagine encore adolescente, sur la photo, aussi vulnérable qu'une prunelle. J'agrandis mes yeux moi aussi et je forme le mot « honteux » en la regardant. Elle sourit et me pince la peau, en dessous de ma brassière.

– Je tourne un film à propos de ça, dit l'homme. Un documentaire. J'ai pas commencé à travailler dessus pour l'instant, mais les idées sont déjà toutes ici.

Il hoche la tête quelques fois encore, pour qu'on comprenne bien où sont les idées.

– Je m'excuse, dit Alicia. Bernie, je te présente Oliver – le petit dernier du département. Très en demande et très en vue. Oliver, c'est Bernie. La roche angulaire du département de chimie.

– Tu me décris comme du crystal-meth, dis-je.

– Eille, ça, c'est une idée, dit Bruce. On transforme le département de chimie en usine de fabrication de crack. Plus de problèmes de financement.

– Des nouveaux microscopes pour tout le monde.

– Des béchers en or massif.

– Des éprouvettes en cristal du Swarovski.

– Là, tu parles, dit Bruce.

– Ça me fait penser, dit Alicia.

Elle sort de sa poche une longue boîte en fer rectangulaire; sur le dessus, il y a l'image d'une femme à la chevelure de lion reposant sur un divan. Alicia ouvre la boîte et révèle une pipe à la teinte cuivrée. Sous la pipe, il y a un petit sachet contenant une substance blanche et épineuse.

– Où est-ce que t'as trouvé ça? dit le blondinet au gilet brodé, qui s'appelle Jeff.

La prof de vidéo est juste derrière lui, reluquant par-dessus son épaule.

– Je connais un gars, dit Alicia.

– Tu m'étonnes.

Bruce me regarde et je me rends compte que je viens de dire ça, pas fort, mais quand même à haute voix.

Quand Alicia allume la roche, une odeur de plastique brûlé s'en dégage. Je prends une petite bouffée rapide, juste assez pour adoucir les coins. Bruce fait la même chose. On devient automatiquement redevable envers Alicia, et réciproquement.

– Fais-moi mal, Johnny, dit Oliver, pendant que Bruce lui passe la pipe. Oh ! oui, fais-moi mal, Johnny, Johnny, Johnny.

*

Alicia s'approche du système de son et choisit un album. John Prine et Nanci Griffith. Quand j'étais petite, en Abitibi, je pensais que John Prine, c'était un ami de mon père, je pensais que la musique country parlait de notre famille.

– Alicia.

– Hum.

– Alicia.

– Quoi.

– T'oublies toujours.

– Quoi.

– À chaque année. T'oublies toujours.

– J'oublie quoi ?

– Aujourd'hui, c'est la fête de Bruce.

– Ah ! Merde. Bruce ?

Bruce hausse les épaules, comme pour signifier que ça ne sert plus à rien de le nier maintenant. Je dis :

– Tu le sais. Tu le sais, à chaque année. Mais tu t'en fous. Parce que ton party est tè-è-è-llement important.

En disant ça, je me rends compte que je suis en train de faire un discours, alors je décide d'en rajouter un peu en grimpant sur le futon et en levant mes bras dans les airs. Et de un, et de deux, et de –

Je lui dis que ses partys ne sont que d'insupportables étalements de son égo. Je lui dis qu'elle mène un train de vie sociale-ment responsable et qu'elle pose des gestes engagés uniquement parce que ça paraît bien dans son C. V., et que si elle se souciait réellement de ses amis, elle ne se crisserait pas royalement d'un homme qui est quasi-ment mort – je le dis, mort – et elle se force-rait au moins pour lui acheter un hostie de câlisse de gâteau de fête.

Je lui dis qu'une enfance merdique, ce n'est pas une raison pour être aussi hypo-crite, et qu'est-ce qu'elle s'imagine au juste, qu'elle est la seule au monde à avoir eu deux mères homos ? Reviens-en.

Je lui dis, en gros, qu'elle ne mérite pas l'amitié de Bruce, et qu'elle ne mérite pas non plus, à un degré moindre, la mienne.

– Mais on est là pareil. On est crisse-ment là pareil, tabarnak.

Mon clou planté, je me rassois dans un vent d'indignation. Bruce, dans son éternelle modestie, refuse de nous regarder, elle ou moi.

Il y a un silence. Puis Alicia entre en convulsions comme si elle venait de recevoir des coups de couteau.

– Oh! Jésus. Marie. Joseph. T'as raison. C'est la *fête de Bruce*.

Les mains sur ses épaules maigrichonnes, elle se colle contre lui.

– Bruce, dit-elle, je suis contente que tu sois pas mort.

– Merci, Alicia.

– Néanmoins. S'il te plaît. Les esprits curieux veulent savoir.

– Oui?

– Où est-ce qu'ils ont mis l'autre couille?

Quelqu'un, la prof de vidéo, émet un rire grotesque en forme de jappement. Je ne sais plus où poser les yeux.

– Je veux dire, ajoute Alicia, ils l'ont bien enlevée, non? Tu l'as-tu gardée?

Bruce fixe ses mains, ses deux index formant une flèche. Puis il dit:

– Ben, j'avais dans l'idée, au départ, de la donner à la science.

– Pour vrai? Je veux dire, tu voulais pas la garder? Comme un souvenir?

– Pis priver la science moderne d'une des grandes merveilles de notre temps?

– La Couille de Bruce, dit Alicia, révérencieuse.

– Les écoliers parcourraient des kilomètres pour voir ma couille, dit-il. Mais

non, en fait, je la garde dans un pot de for-
mol. Sur l'étagère au-dessus du foyer.

– Mais non, dit Alicia.

– Il la garde pour les occasions spéciales, dis-je, pour une raison ou pour une
autre.

– Mais, pour changer de sujet, dit Bruce,
Alicia, ta fête à toi, c'est quand au juste?

Alicia se met à rire, renversant sa tête
vers l'arrière, presque en extase.

La tension dans ma gorge se dénoue un
peu, laissant seulement une douleur sèche,
causée par la fumée. Je passe mon bras autour de Bruce. Je dis:

– J'ai comme l'impression, que le temps
est venu pour une chanson.

Il me jette un œil, puis regarde ailleurs.
Je ferais n'importe quoi pour lui, n'importe
quoi. Je me tourne vers les gens et je lève les
bras, comme si je tenais une baguette.

– Et de un, et de deux, et de –

Mon cher ami
C'est à ton tour
De te laisser parler d'amour[3]

L'hymne national québécois résonne,
on chante en chœur, et ensuite en canon, pendant que je joue au chef d'orchestre comme
Mickey Mouse dans un vieux dessin animé.
Quelques personnes chantent la chanson

---

3. « Mon cher ami / C'est à ton tour / De te laisser
parler d'amour » : en français dans le texte original.

en anglais, et en arrière-plan, John Prine continue de murmurer ses refrains de cow-boy. Les gens se balancent et agitent leurs verres, les bouteilles sont dans les airs, on entend les pieds qui frappent sur le sol, les sifflements et les applaudissements dirigés vers mon mari. Je m'approche de Bruce et je chante dans son oreille. Ses joues sont rouges et il fixe le plancher. Mon chéri, mon cœur.

Mon cher ami
C'est à ton tour
De te laisser parler d'amour

C'est un vœu merveilleusement simple.

✳

Je relève la tête. J'ai dû m'endormir ; il y a un petit rond humide sur le dessus du meuble, là où j'ai posé ma bouche. Alicia semble en plein coma, couchée sur les jambes de Jeff ; il donne des petits becs semi-conscients sur sa tête. Bruce est parti. Je passe ma main dans mes cheveux quelques fois et je me force à me lever du sofa. Mes yeux sont comme des pieds et mes pieds sont comme des ballons de basketball. Je ne trouve Bruce nulle part dans l'appartement. Je vais dans la cuisine et je rince un verre pour enlever deux mégots de cigarette, je le remplis d'eau et je le bois en une gorgée. Une petite brise me chatouille les chevilles et je remarque que la porte du balcon est entrouverte. Bruce est debout dans la neige folle, enroulé dans une couverture de laine, observant la ruelle. Je glisse mes pieds dans une paire de bottes en caoutchouc qui traînent près de la porte et je le rejoins. Il fait assez froid. Les fenêtres de l'immeuble en face sont toutes sombres.

– Ça va ?

– Ça va, dit-il, et il continue de fixer la ruelle, en bas.

Après un moment, je dis :

– Je le sais, mais c'est pas de sa faute. Elle est juste un peu retardée socialement, c'est juste ça.

Il me regarde, et je comprends qu'il n'est pas fâché contre Alicia. Il est en colère. Contre moi, à cause de ce que j'ai fait. De ce que je lui ai fait. À lui. Furieux. Il pourrait me tuer avec ses deux petites mains toutes pâles.

– Bruce.

– T'avais aucun droit de faire ça, dit-il. J'haïs ça, ces affaires-là. Tu le sais que j'haïs ça.

– Je pensais. Je veux dire, après tout ce qui est arrivé...

Il rit, plein d'amertume. Dans son rire, je peux entendre la vieille fumée, le vieux brasier.

– Des fois, Bernie, je me dis que j'aimerais ça que ça soit toi au lieu de moi.

– Si tu savais.

On attend tous les deux que je dise quelque chose d'autre. La neige continue de tomber avec aplomb, comme si elle avait quelque part où aller.

Je sais ce que je vais faire en arrivant à la maison. Je vais aller dans la chambre du bébé. Je vais me pencher au-dessus de son parc, pendant qu'il dort encore, et je vais le prendre dans mes bras. Il va s'étirer, chigner un peu, mais il ne se réveillera pas. Je vais aller m'asseoir dans la chaise berçante près de la fenêtre et je vais regarder l'arbre, de-hors. Il sera immobile, et sombre, il sera comme un arbre. Je ferais n'importe quoi pour lui, n'importe quoi, mais jamais la bonne chose, et la tête du bébé sur mon épaule sera presque aussi lourde que cette certitude, mais pas assez lourde.

Les professeurs de yoga

La mère de Risa essaie, depuis ce qui semble des heures, d'emprisonner les cheveux frisés et épais de sa fille dans une tresse française. Les cheveux sont remarquablement résistants, même si la mère de Risa utilise un énorme peigne aux dents rigides et mordantes, 37 bobépines, et la moitié d'un pot de Dippity-do. « Ouch », dit Risa, chaque fois que sa mère plante une bobépine dans sa toison humide et collante. Ses cheveux tiennent tout seuls au-dessus de sa tête en crêtes pleines de gel, on dirait une photo aérienne de la vallée de la mort. Finalement, quand Risa et sa mère sont toutes les deux sur le point de se mettre à pleurer, le père de Risa cogne à la porte, et Risa doit se dépêcher, et grimper dans la voiture avec lui pour qu'il la conduise à ses cours de danse, à travers le long corridor de neige.

Chaque semaine, c'est la même chose, le plancher en vinyle qui retrousse dans les coins comme de vieilles tranches de fromage, et la professeure de Risa, qui est bien trop magnifique, avec ses seins comme de longues miches moelleuses à l'intérieur du léotard, et ses bras lourds qui font des mouvements circulaires. Position première, position seconde, position quatrième. *Arms low*, qui veut dire «baisser les bras» en anglais, Risa le sait, mais elle continue d'y penser comme à *Ahrm-SLÖWH*, le cri de ralliement de valeureux guerriers à cheval, lancé quand ils foncent vers le champ de bataille. La position première fredonne comme une journée calme dans la clairière. La position seconde est sa cousine bruyante et maladroite. La position troisième est une créature mythologique, moitié soldat, moitié palourde. La position quatrième est grise, et tictaque comme l'intérieur d'une montre. La position cinquième relève peut-être un peu de la magie, si l'on considère la façon dont les cuisses doivent se serrer.

Risa n'a jamais été faite pour le ballet, elle le sait très bien. Elle sait que c'est à cause de la forme de sa tête et de ses cheveux épais et frisés. Les autres filles – comme Shauna, petite, flexible – ont de jolis chignons qui défient la gravité en reposant confortablement sur leur nuque. Leurs chignons ne se déforment pas, même sans filet et sans Dippity-do, elles n'ont pas de grosses tresses graisseuses retenues sauvagement par des bobépines. Leurs têtes sont fuselées et aérodynamiques. Elles ressemblent à de petits avions de chasse accomplissant de grands jetés à la hauteur du sol. Quand elle se compare à elles, Risa se sent comme une boîte à savon, ou une brouette: grinçante, instable, sur le point d'écraser l'orteil de quelqu'un. Sa professeure roule des yeux quand elle pense que Risa regarde ailleurs, et l'envoie dans la dernière rangée, au fond de la classe.

Cette semaine, pourtant, la magnifique, grosse et cruelle professeure de Risa est absente. À sa place, il y a un homme et une femme, qui sont là pour leur apprendre le yoga. L'homme est blond, bronzé et musclé, mais ce n'est pas le genre de pétard dont parlent ses amies quand elles parlent de pétard comme David Hasselhoff. Ses cheveux sont secs et touffus, et il porte une chemise mauve sans manches de laquelle ses bras sortent; ils pendent comme des cordes tressées. La femme est petite et passionnée, avec son nez huileux et ses joggings bleus et usés. Ils sont américains, alors ils sont incapables de prononcer les noms de famille des élèves du cours: Jurczak, Konwalchuk, Jzojzosky. Le professeur de yoga veut que Risa se concentre sur sa respiration. Sa respiration est une colonne rétractable, comme un télescope, et elle doit la pousser et la tirer à l'intérieur de sa poitrine, comme un jouet au bout d'un manche. Elle n'avait jamais pensé à ça avant, mais elle voit bien que c'est vrai, parce que ça coince parfois à la hauteur de sa gorge, à un endroit où la colonne doit être rouillée. La femme explique la façon adéquate d'inspirer et d'expirer, et sa respiration résonne à l'intérieur d'elle, comme si sa cage thoracique était un stationnement souterrain.

Les professeurs de yoga lui demandent de faire des choses étranges et impossibles à réaliser, comme soulever son cœur. « On adoucit ses poumons. » « On adoucit ses yeux. » « On ouvre son thorax. » Risa imagine son thorax qui s'ouvre comme l'armoire où ses parents gardent le service des grandes occasions, ses tripes qui s'étalent comme des assiettes et ses poumons adoucis, déposés là comme une paire assortie de tasses de thé. L'homme se penche au-dessus de Risa et lui murmure à l'oreille « on trouve son respire », et Risa ressent soudainement une charge d'énergie lui parcourir les jambes. L'homme a un profil long, apaisant, comme celui d'un cheval. Est-ce que lui et la femme font ça ensemble, ouvrir leur thorax et soulever leur cœur ? Risa n'arrive pas à imaginer ça. La femme ressemble à un tout autre animal, un petit être actif et musqué, une sorte de furet. Risa ferme les yeux pour éloigner ces images et se concentrer sur sa respiration, qui tourne et se retourne dans le vaisselier vitré de son thorax.

Après le cours, Risa traverse le stationnement en direction de la voiture de son père. Elle peut encore entendre les chuintements de la respiration de la femme et sa voix qui dit « on adoucit, on adoucit, on adoucit ». Ses yeux sont comme émoussés, ils ont la même texture que le bout de ses doigts. Elle flotte jusqu'à la voiture sur des vagues de respiration, légère et sereine, et vide d'émotion, et elle sent que son expression faciale a disparu, qu'elle a été jetée à la poubelle comme un restant de table. Elle se glisse sur le siège du passager et s'attache en silence.

– Quoi, dit son père, qu'est-ce qu'il y a?

– Rien, dit-elle, avec l'impression que la paix et la bonne volonté doivent émaner d'elle en ondes positives.

– Maudite marde, dit son père, veux-tu ben me dire pourquoi t'es pas de bonne humeur c'te fois-ci? Peut-être que ça serait le temps de penser à arrêter d'aller à ces cours-là, ça fait juste te déprimer.

Risa sent son cœur adouci se replier sur lui-même. Son visage passe de la joie radieuse à la tristesse morne, mais personne n'arrive à faire la différence.

Source de vie

J'ai un secret à confesser. Mon secret, c'est que peu importe ce qui arrive, en dedans de moi, il y a toujours une petite mèche de bonheur qui reste allumée. C'est comme le ronronnement d'une machine qui ne s'éteint pas. Les choses peuvent aller vraiment mal, je peux me sentir triste ou désespérée, elle est là, à ronronner : *zzzmmmmmmmmmm.*

J'ai fait plusieurs tentatives pour essayer de trouver l'interrupteur et l'arrêter. Pendant des années, j'ai fait du bénévolat comme conseillère dans un centre de décrochage pour les ados au centre-ville. Là-bas, j'écoutais les histoires de jeunes qui s'étaient fait piquer par des seringues en cherchant de la bouffe dans des conteneurs à vidange, les histoires de filles mises enceintes durant des viols collectifs, incapables de se faire avorter, les histoires de diabète incontrôlable chez un garçon de 13 ans qui venait de perdre ses deux pieds. Et pendant que je les écoutais, qu'ils m'inspiraient de la sympathie, que je leur offrais du support et des ressources, que je leur donnais l'adresse de refuges encore plus miteux et dangereux que les rues où ils vivaient, je pouvais l'entendre.

Zzzmmmmmmmmmm.

Le bonheur.

✳

Maman m'appelle pour me demander si je peux lui apporter quelque chose, mais elle n'arrive pas à se rappeler comment ça s'appelle.

– Voyons, Angela, tu sais de quoi je parle. Ça sonne crispé pis comme pathétique. Mon encoche ?

– Ta sacoche ?

Maman soupire.

– Oui, c'est ça. Apporte-moi ma sacoche, la rouge.

L'appartement de ma mère est à Outremont, à quelques blocs de distance de la maison où j'ai grandi. En descendant Champagneur, je remarque un mégot de cigarette fumé au quart qui traîne sur le trottoir. On dirait un petit doigt de squelette qui m'appelle. Je me penche pour le ramasser, et au moment où j'ouvre la main, un mot flotte jusqu'à mes oreilles.

– Allo.

Je lève les yeux et je vois un jeune hassidim, 16 ans peut-être, avec une peau claire de quartz et des papillotes rousses qui pendouillent des deux côtés de son feutre. Ces chapeaux-là ont de la gueule et je me fous bien de ce qu'on peut penser.

– Salut, dis-je, en refermant ma main sur le mégot et en le glissant dans ma poche.

– Êtes-vous juive ? dit-il.

– Non, dis-je, même si c'est un mensonge, en pensant qu'il va me laisser tranquille.

– Parlez-vous yiddish ?

– Non.

– Parlez-vous anglais ?

– Non.

– Français ?

– Non, dis-je, en commençant à avoir l'impression de me retrouver dans un sketch d'Abbott et Costello.

Je me tourne pour partir, mais il m'en empêche en criant « Ah ! Ah ! » avec une voix aiguisée, le doigt en l'air. Je me retourne.

– Écoutez, dit-il. J'ai besoin de vous pour que vous me parliez de sexe.

Ses yeux sont sérieux, ils m'implorent. Il a cet accent...

Ce n'est pas la première fois que ça m'arrive. Des adolescents coiffés d'un chapeau noir me demandent de leur expliquer c'est quoi des « blow jobs », c'est quoi « passer le doigt », depuis aussi longtemps que ma famille habite dans le quartier. Une fois, un homme âgé m'a demandé de l'accompagner chez lui, et il a eu l'air sincèrement surpris quand j'ai refusé.

– Pourquoi, non ? a-t-il dit. Je vous paye !

– Je pense pas que je suis supposée faire ça, dis-je au gamin, en regardant aux alentours.

Un homme fume sur son balcon, au bout du bloc. Ses yeux sont cachés par le bord de son chapeau.

– Je dois vraiment savoir, dit-il.

Il a l'air si triste. À quoi ça ressemble, avoir des rêves cochons, et pas d'Internet ? Je décide d'agir comme une adulte et d'assumer mon rôle.

– OK.

Je prends une grande respiration.

– Il y a un pénis pis un vagin...

– Ouais, ouais, ouais, dit-il, en agitant la main. Mais est-ce que c'est le fun ?

– Ben, ça aide si tu apprécies la personne.

– Il faut juste l'*apprécier* ?

– Certaines personnes vont dire qu'il faut être en amour, mais il y a plein de monde qui le font juste... pour le fun.

Il hoche la tête. Puis il dit :

– Est-ce que c'est gros ?

– Quoi, ça ?

– Le trou.

– Euh. C'est assez gros, j'imagine. Tsé, c'est pas, comme, juste, genre, un trou.

Ses yeux grossissent.

– Qu'est-ce que vous voulez dire ?

– Je veux dire, c'est comme... il y a de la peau, autour, pis des lèvres, pis...

– Des *lèvres* ?

Je comprends immédiatement que ce n'était pas la chose à dire.

– Est-ce que je peux le voir ?

– Non.

– Pourquoi, non ?

– Parce que, dis-je ; et je commence à m'éloigner.

– S'il vous plaît, dit-il, et il essaie de m'attraper par le bras.

Je me mets à courir.

– Vous êtes tellement belle ! crie-t-il derrière moi.

Je cours jusqu'à l'appartement de ma mère, trois blocs plus loin.

J'utilise la clé de rechange pour entrer. Les sérigraphies de l'histoire ouvrière accrochées au mur ont été replacées en fonction de leur couleur : Judi Bari, Cochabamba, l'occupation autochtone d'Alcatraz, Emma Goldman, Little Bighorn. C'est presque la même chose que dans les chambres de mes amis aux résidences de l'université, sauf que les affiches de ma mère sont montées sur cartons au lieu d'être collées au mur avec de la gommette. Je remarque un nouvel aimant sur le frigo : *Pas d'amour sur les terres ancestrales dérobées*. Je trouve la sacoche, qui est plutôt un grand sac à ganse, à côté du lit, caché en dessous de la grosse douillette blanche.

En sortant de l'immeuble, je scanne les environs rapidement pour m'assurer que le jeune hassidim n'est pas là à m'attendre ; soit il est parti, soit il s'est vraiment bien camouflé. À l'autre coin de rue, il y a la boulangerie cachère, dont je peux sentir l'odeur jusqu'ici. Je décide d'aller y faire un tour pour la première fois depuis des années.

Une petite dame derrière le comptoir enfourne des croissants rugelach, des pointes de gâteau au fromage et des brioches de pavot dans d'épais sacs de papier brun. La foule de clients crie des commandes dans une complète anarchie ; il n'y a pas de file, et il n'est pas possible de prendre un numéro. Des billets froissés et des poignées de change se passent au-dessus du comptoir vitré. L'odeur est envoûtante : la levure, les œufs, la chimie du levage et de l'alvéolage.

Je rôde en arrière du peloton, attendant de pouvoir me glisser entre deux personnes, cherchant à avoir un contact visuel avec la petite dame. Un homme bien habillé, court sur pattes et grassouillet, joue des coudes, passe devant moi et lance « Il me faut des rugelach ! »

Je fais un saut quand une vieille femme me touche le bras, juste au-dessus du coude. Ses cheveux pâles dépassent d'un turban en guenille bleu. Elle est grande, même si elle est courbée, et elle porte un manteau marine informe. Le blanc de ses yeux a la couleur de la vieille neige.

– Faudrait que vous vous imposiez un peu, dit-elle. Depuis la guerre, on se met plus en ligne.

✻

La chaleur émanant des rugelach se répand dans mon sac à dos et me réchauffe la région lombaire. Sur Côte-Sainte-Catherine, je remarque que les feuilles sont déjà en train de changer de couleur. Cet automne, tout le monde porte ce qu'ils appellent un « shrug ». C'est comme un vêtement fait spécialement pour hausser les épaules ; ça recouvre uniquement cette partie du corps avec laquelle on « shrug ». L'autobus est en retard, ou en avance. Je sors le mégot de ma poche, je le mets dans ma bouche et je l'allume.

L'année où j'ai commencé à fumer des cigarettes ramassées par terre, c'était l'année où mon père a commencé à coucher avec la femme de La Tortue. Ma sœur Stacey et moi, on a boycotté le Seder féministe de notre mère, et pour se venger, elle s'est mise à organiser ses rencontres de gynécologie pour les nulles dans le salon. Une fois, je l'ai trouvée en train d'examiner au spéculum le col de l'utérus de notre voisine, madame Knope ; elle était étendue sur notre La-Z-Boy en cuirette vert. Il y avait plusieurs autres bonnes femmes assises autour, buvant de la tisane et du gin – ça sentait fort le genièvre. Angela, viens voir ça, a dit Maman, ça ressemble vraiment à un mini beigne. Papa était ailleurs, quelque part, probablement en train de se faire la femme de La Tortue.

À un moment donné, durant cette période, je marchais sur Van Horne et, sur le coin de Wiseman, je suis tombée sur une cigarette à moitié fumée, que j'ai ramassée et que j'ai commencé à pomper sans même y réfléchir. C'est venu tellement naturellement, cette première fois-là ; j'ai essayé, sans succès, de retrouver cette spontanéité. Non, pas cette spontanéité – ce *besoin*. Je me suis garrochée dessus comme un élément chimique fusionnant avec un autre. J'avais 12 ans.

La Tortue ne s'appelait pas La Tortue parce qu'il avait une déviance sexuelle ou parce qu'il refusait de sortir de sa carapace. Il s'appelait La Tortue parce qu'il en avait joué une à la télé. Son nom, c'était Terrence, Terrence la Tortue. Elle était la némésis un peu stupide et maladroite du lièvre, dans une série de publicités de O'Hare qui avait tourné longtemps. Son allié était un escargot appelé Susan, et il y avait cette blague récurrente qui disait que Terrence était incapable de soutenir son rythme de vie effréné.

La Tortue avait déjà été un acteur sérieux, il avait déjà joué Lenny dans une production stratfordienne du *Retour*. Mais personne ne l'appelait Lenny.

C'était difficile pour moi d'imaginer qui que ce soit l'épouser et encore moins coucher avec lui, et je me dis que ça devait être difficile pour sa femme aussi, parce que, d'après les rumeurs qui circulaient, mon père n'était pas la première ou la seule personne avec qui elle avait eu une aventure au cours de son mariage.

La dépendance à la cigarette, au moins, a fini par devenir une aventure à long terme pour moi. J'aimais l'effet de surprise que ça me procurait, la sensation d'être une touriste. Est-ce que j'aurais droit à une Export 'A'

verte king size tueuse de poumons, un
« aller simple », comme mon père les appelait ? Une Pall Mall costaude de col bleu ?
Une Menthol 100 snobinarde et guindée ?
Plus d'une fois, j'ai savouré le bon goût de la
menthe médicinale en récupérant une cigarette gaspillée. J'avais un briquet dans mes
pantalons cargo, partout où j'allais.

Il y avait aussi ces moments où je trouvais un mégot encore fumant, éjecté récemment des lèvres de son propriétaire, dont le
filtre était parfois encore humide, goûtant
salé : un petit coup d'adrénaline imprévu, la
participation au moment présent, le piquant
de la bouche d'un inconnu enveloppant la
langue.

– Hépatite ! me criait Stacey, chaque
fois que je plongeais pour sauver un mégot
sur le point de disparaître dans une bouche
d'égout, de petites étincelles orange s'épar-
pillant autour. J'ai appris assez vite à garder
mes trouvailles pour moi toute seule.

On avait grandi avec les pubs de La
Tortue, on avait continué de les écouter malgré les épreuves, les mauvais dialogues, les
mauvais choix de costumes, les alliés d'espèce et de sexe non identifié qui ne faisaient
jamais long feu. On ne changeait pas de
poste quand on tombait sur une pub de La
Tortue. Déjà nostalgique de notre enfance,
on ressentait de l'affection pour lui, une sorte
de tendresse pour son message : les derniers-
seront-les-premiers. On prenait pour lui et
pas pour le lièvre, une peluche mesquine,

toujours en train de retourner Terrence sur sa carapace.

Stacey se promenait en talons hauts, avec le veston en tweed de papa, la bouche badigeonnée de rouge à lèvres Cherry Pop! À dix ans, elle ressemblait à une toute petite drag queen. Elle appelait la femme de La Tortue sa Maman de rechange. C'était une nouvelle attitude, qu'elle avait cultivée dans les dernières années, complètement à l'opposée de la fille hyper sensible qui pleurait si on lui disait qu'elle était gauchère.

Des fois, je me demandais pourquoi Maman endurait une situation aussi absurde et aussi clichée, Papa qui se poussait à 11 heures le soir, le téléphone qui sonnait au milieu de la nuit.

– Écoute, m'avait dit Maman. Tu penses que tu comprends tout, mais en fait, tu comprends rien. Tu penses que ça a pas de bon sens. Oui, je le vois dans ta façon de froncer les sourcils. Tu penses que tu comprends c'est quoi l'amour, une surprise que tu trouves dans le fond de la boîte de céréales. T'as aucune idée.

– Tu nous as toujours dit que l'amour, c'était une construction de la bourgeoisie, avais-je dit.

– On mange pas de céréales, avait dit Stacey, parce que ça surcharge le pancréas.

– Ouf, tu me fais mourir, avait dit Maman, vous me faites mourir. Je suis morte.

*

L'air frais de l'hôpital sent comme les cheveux d'une jolie fille. Je dépasse le comptoir des infirmières, sur lequel traîne une tasse de café avec l'image d'une tasse de café. Deux infirmières sont en grande conversation.

Ma mère est assise dans son lit, les yeux rivés sur la télé. Sa tête chauve et son nez crochu lui donnent l'air d'un aigle blessé. Je suis soulagée de voir qu'elle ne porte pas sa perruque, une coupe carrée de brunette faite pour quelqu'un qui aurait la moitié de son âge. Un truc au toupet court à la Betty Page, fait avec de vrais cheveux, probablement ceux d'une pauvre femme russe forcée de vendre sa queue de cheval pour pouvoir nourrir ses enfants. C'est l'infirmière de ma mère, une grande femme avec de gros os appelée Linda, qui a choisi la perruque. Linda elle-même a des cheveux bruns coupés carré qui tombent sur ses oreilles comme des garde-boue. Ses mains sont très larges et on dirait qu'elles ont au moins une jointure de plus que la normale. Elle a une voix grave qui contraste avec ses manières de petite fille, comme se tourner une mèche autour de l'oreille quand elle parle. Ses yeux sont verts et perçants.

Une fois, elle m'a dit qu'elle avait réinventé la soie dentaire.

– Ah, ouais?

– Ouaip. Tu veux-tu savoir comment?

Avant que je puisse répondre, elle a dit:

– Brioches à la cannelle!

– Genre, comme une nouvelle saveur ?

Ma mère, qui était assise en dehors du champ de vision de Linda, m'a envoyé un regard et a fait tourner son index près de sa tempe – le signe international pour identifier les hosties de débiles.

– Nooooonnnn, a dit Linda, en serrant ses lèvres en forme de bec. Pour les couper ! Parce que les couteaux deviennent tout collants.

– Wow.

– Wow mets-en !

Il y a quelque chose de nouveau et de bizarre dans le coin de la pièce, une tête faite en ce qui semble être de la pâte à pain, avec des trous pour les yeux et une motte de petits fils jaune sur le dessus, comme des poils de pubis dessinés par un enfant. Des morceaux de papier sortent de chaque côté de la tête comme des oreilles ornementales. Accroché dessus, il y a une plaque de bois sur laquelle on peut lire *Les amis sont des anges qui viennent des cieux. Envoyés pour toi ici-bas par notre Dieu. Alors si tu es triste et que tu ne sais plus où aller. Souviens-toi simplement que je suis là pour t'aider !* Je n'ai aucune idée comment ça a pu se retrouver là. C'est sûrement la femme qui occupait l'autre lit qui a laissé ça en partant. J'essaie de ne pas penser à l'endroit où elle peut bien être aujourd'hui.

L'ensemble de la scène me fait sentir terriblement mal pour ma mère, qui déteste toute forme de sentimentalité.

– Je connais une femme, m'a-t-elle dit un jour, qui a gardé une nouille, tombée de la boîte sur le rond rouge, et qui n'avait pas brûlé. Elle l'a encadrée pis elle l'a accrochée au mur pour que le message puisse l'inspirer au quotidien. Je fais tout ce que je peux pour éviter de devenir cette femme-là.

Personnellement, j'essaie de ne pas devenir la nouille.

– Je t'ai apporté des rugelach, dis-je, en lui tendant le sac.

– Mon Dieu, éloigne ça, dit-elle. C'est à peine si je peux regarder de la bouffe en ce moment.

– OK.

– Merci quand même.

– J'ai apporté un livre aussi. C'est un nouveau Chomsky, je suis sûre que ça va t'intéresser.

– C'est vraiment fin. Mets-le là.

Je commence à le déposer sur la table de nuit, mais elle pointe les tiroirs.

– Non, non, là-dedans, j'ai besoin de la table pour mes cabarets.

– Mais comment tu vas faire pour le lire ?

– Ben, je vais le sortir quand je serai prête, mon amour, évidemment.

Ce qui est assez raisonnable comme argument, je dois l'admettre.

Quand Stacey et moi, on était des enfants, Maman avait l'habitude de nous servir un verre de vinaigre de cidre de pomme coupé avec de l'eau chaque matin. On le buvait de façon mécanique, sans trop y penser, mais parfois, il y avait un motton visqueux dans le fond. C'était comme avaler une huître. Je grimaçais pendant que ça glissait dans mon œsophage ; on aurait dit que je pouvais sentir le parcours complet du motton jusqu'à mes intestins.

– Pourquoi faut boire ça ? ai-je demandé une fois.

– Parce que c'est une source omnipotente de vie et de santé, a dit Maman.

– Parce que c'est comme une mère, c'est supposé être bon pour toi, mais en fait, ça fait dégueuler, a dit Stacey.

Maman a souri et a posé ses mains sur nos épaules.

– Un jour, vous allez me remercier pour ça, a-t-elle dit, comme une maman à la télé.

Après ça, Stacey et moi, on a commencé à faire référence à elle en l'appelant l'Omnipotente source de vie. On a jamais appelé Papa autrement que Papa.

Ma mère dit :

– Je tuerais quelqu'un pour une poffe.

– M'man, tu peux pas dire ça.

– Je pense bien que je viens juste de le dire.

Je tire une cigarette de mon paquet. Elle la place derrière son oreille, un geste qui rappelle une version plus jeune d'elle-même, toujours avec son crayon, en train de travailler sur une illustration pour le *Tikkun* ou le *Mother Jones*. Je lui demande :

– Tu te souviens que je t'ai dit que Leanne travaillait comme costumière sur le plateau de *L'homme de Ville-Émard*? Ben, le réalisateur lui a dit qu'elle était tellement belle qu'il va lui écrire un rôle dans son prochain film. C'est-tu pas hilarant, ça? Méchant vieux cochon, pareil.

– Pourquoi elle t'a dit ça?

– Parce que c'est drôle?

– C'est pas un peu vaniteux, non?

– Je pense qu'elle trouvait juste que c'était comique comme histoire.

– « Tu es si magnifique, je vais t'écrire un rôle dans mon prochain film. »

– C'est ça qu'elle m'a dit.

– Pour être drôle.

– Oui.

– C'est vraiment ce que tu penses?

– Oui.

– Bon. Peut-être que t'as raison. Il y a des gens qui ont besoin de se remonter pour se sentir bien, par contre.

– M'man!

– Je pense juste que Leanne manque un peu de confiance, pis c'est pour ça qu'elle te dit des affaires de même. Elle est loin d'être aussi belle que toi.

– Ça a rien à voir avec moi! Pis, excuse-moi, mais elle est ridiculement belle. Tout le monde le sait.

– Si tu le dis.

– Quoi?

– Si tu le dis.

– OK. Oublie ça.

On reste là, assises en silence quelques instants.

– Pis veux-tu ben me dire c'est quoi, *ça*, dis-je, en pointant l'ange.

– Quoi?

– L'horrible ange en pain, là.

– Oh! dit Maman, c'est quelqu'un d'ici qui me l'a offert. Je trouve qu'il est quand même cute.

– Ça a l'air d'un muffin viré fou.

– Il fait de mal à personne, non?

– Il fait mal à mes yeux.

Ma mère ne dit rien, alors je décide de laisser tomber.

Elle avait une façon particulière de nous dire, à Stacey et à moi, qu'on l'énervait. « Non merci », disait-elle quand on formait un groupe de musique en jouant du séchoir à cheveux et du xylophone. Son ton était léger, cordial, définitif.

– Ben là, pis si on pratique dans le garage?

– Non merci.

Comme si on était des Jeannettes en train d'essayer de lui vendre du chocolat. Elle ne riait jamais de nos blagues, au lieu, elle disait « C'est drôle. » Elle pouvait presque comprendre ce qui faisait que les gens étaient normaux, mais elle ne pouvait pas l'être elle-même.

– Stacey est venue aujourd'hui?

– Oh! non, pas encore, dit-elle, elle est venue hier soir avec sa nouvelle fille.

– Camille? La petite fille du bout de la rue?

– Plus si petite maintenant.

J'acquiesce. Je me souviens de Stacey et de Camille, main dans la main, en train de pratiquer une danse israélienne qu'elles avaient apprise au camp d'été.

– J'ai rencontré quelqu'un, dit Maman.

– T'as rencontré quelqu'un? Qu'est-ce que tu veux dire, t'as rencontré quelqu'un? Dans un bar?

– Sois pas mesquine. Ici, sur l'étage. Il s'appelle Bruce, il est très gentil. C'est un professeur.

– Fait que, quoi, vous vous organisez des petits rendez-vous à la machine distributrice? Vous lavez chacun les draps de l'autre? Est-ce qu'ils offrent des chambres spéciales pour les visites conjugales?

– Franchement, Angela, on est juste des amis. Pis il est marié.

Mais elle rit.

– Ça t'a jamais arrêté avant.

– Angela Davis Feldman! Fais attention à ce que tu dis!

– Est-ce que c'est Brucie qui t'a donné l'ange?

– Oh! mon Dieu, non, pas son genre du tout.

Elle ne peut pas s'empêcher de glousser. Linda apparaît, tenant un dossier médical et dégageant une odeur fortement poivrée.

– Bon, on dirait bien qu'on a du plaisir ici, dit-elle, en vérifiant les chiffres.

– Linda, dit ma mère, ma fille était justement en train d'admirer le bel ange que tu m'as offert.

Évidemment que c'est Linda qui le lui a offert. Elle en a probablement un tiroir plein à la maison.

– Oui, il est très beau, dis-je.

J'essaie d'attraper le regard de ma mère, mais elle se contente de me jeter un coup d'œil en faisant un sourire niais et artificiel.

– Eh, j'ai pour mon dire qu'une pièce est pas vraiment une pièce sans une petite touche angélique.

– Il est saisissant, dit ma mère, un mot que je ne l'ai jamais entendu prononcer.

– Oui, dis-je, je suis définitivement saisie.

– Vous savez, il y a des anges partout, qui nous entourent, dit Linda.

J'ouvre grands les yeux et je hoche la tête, en essayant d'avoir l'air intéressée.

– Pour vrai?

– Oh! oui. Ici, la place déborde littéralement d'anges.

Linda se redresse et regarde ma mère, surprise.

– Abigail! T'as pas ta chevelure!

La main de ma mère se pose sur sa tête.

– Oh! j'ai oublié de la mettre!

– Laisse, je vais te la chercher, crie Linda.

Elle et ma mère farfouillent à droite et à gauche, comme deux comédiennes de cabaret, à la recherche de la perruque (le farfouillement de ma mère se faisant surtout avec les mains), jusqu'à ce que Linda localise les cheveux dans le dernier tiroir de la table de nuit.

– Mais qu'est-ce que tu faisais là, vilaine petite chose, dit-elle.

En allant fixer la perruque sur la tête de ma mère, Linda remarque la cigarette derrière son oreille.

– Abby ! Petite vlimeuse.

Elle agite la cigarette comme un doigt. Ma mère fait une face du genre « oups, encore prise la main dans le sac ! » et elles se mettent à rire comme deux adolescentes.

Linda passe un bon moment à essayer de placer correctement la perruque sur la tête de ma mère, sa langue sortant un peu au coin de sa bouche. Je ne sais pas où regarder pendant qu'elle s'active ; c'est comme surprendre ses parents en train de s'embrasser.

– Ohhh..., dit-elle. Voilààààà ! Là, t'as l'air absolument sublime. Tu ressembles à une vedette de cinéma.

Ma mère sourit et baisse les paupières. On dirait presque qu'elle rougit. Elle est comme une orchidée dans une serre, bourgeonnant sous les bons soins de cette gentille femme.

– Pour vrai, dit Linda, je te le dis, tu ressembles à une vedette des vieux films. À qui je pense, donc ? Greta Garbo ? Katharine Hepburn ? À qui elle ressemble, donc, Angela ?

– Yul Brynner ? dis-je.

Elles me regardent toutes les deux. Les yeux de ma mère sont vides comme des tasses de café. Ceux de Linda envoient une lumière, insondable – qu'est-ce que c'est ? De la pitié, je pense.

– Ta fille est tellement drôle, Abigail, dit-elle d'une voix triste.

– Oui, dit ma mère, une vraie humoriste.

Elle me lance un sourire fatigué.

– En tous cas, dis-je.

– Clara Bow! C'est ça, c'est à elle que je pensais.

– Oh! je l'ai adorée dans *La danseuse de corde*.

– Moi aussi! Ils en font plus des comme ça, c'est plate.

✻

Les portes de l'hôpital s'ouvrent devant moi. La source de vie. L'Omnipotente Source de Vie et de Santé. Je descends la côte, ma peau démange à cause du soleil ou de quelque chose d'autre, quelque chose de lent, de lourd et d'inévitable. Je me concentre sur ma mèche de bonheur.

Un père et son fils traversent la rue, le père marche en avant, fâché, le fils court derrière en essayant de garder le rythme; il bafouille comme le font les enfants quand ils comprennent que quelque chose de terrible est en train d'arriver, mais qu'ils ne savent pas quoi faire pour l'éviter ni comment le nommer.

– Mais p'pa, tu sais quoi? dit le fils. Est-ce que les fourmis ont de l'argent?

✻

À mi-chemin de la maison, je croise le jeune hassidim encore une fois, assis sur

une des balançoires dans le parc. Il essaie de
se balancer, mais c'est évident qu'il ne comprend pas trop comment ça marche. Ses
jambes se déploient au mauvais moment et
il ne se laisse pas aller. J'essaie de ne pas
avoir de contact visuel avec lui, et quand il
m'appelle, je continue à marcher.

– Attendez, dit-il, s'il vous plaît.

Je me retourne, prudente. Il a la main
plongée dans l'une des poches de son grand
manteau noir. Il en tire un paquet de cigarettes et il les agite devant moi.

– Vous pouvez les avoir, dit-il.

– En échange de quoi ? dis-je.

– De rien. Elles sont pour vous.

J'hésite.

– Vous n'aimez pas cette sorte ?

– Filtres de charbon de bois, dis-je.

– C'est bon, ça ?

– Sûrement pas.

J'avance d'un pas pour prendre le paquet.
Il secoue la tête et me fait signe avec des
gestes de tendre la main ouverte. Je m'exé-
cute, et il laisse tomber le paquet dans ma
paume.

– Merci.

Il baisse le menton et commence à
s'éloigner.

– Attends.

– Oui ?

– Tu veux-tu toujours le voir ?

– Ouais ?

– Suis-moi.

L'appartement de ma mère est seulement à quelques rues d'ici. Il observe les lieux avec intérêt. Il n'est probablement jamais entré dans un autre habitat que celui de sa famille et de ses proches.

– Où est-ce que vous priez ? demande-t-il.

– Partout.

*

J'ai fait bien des choses que j'aurais aimé cacher à Dieu. Une nuit, je me suis précipitée à la pharmacie pour avoir la pilule du lendemain – ça fermait à 11 heures. C'était une course contre le sperme. Devant la pharmacie, j'ai vu mon ancien amoureux, Phil, en train de barrer son vélo. Un gros sac de messager était accroché sur son dos, ce qui voulait dire, je le savais bien, qu'il faisait une livraison de drogue dans un de ces appartements aux murs nus de l'avenue Mont-Royal. On s'est salués de la tête, sans se poser de questions, comme deux personnes qui sont sur le point de commettre une abomination.

La pharmacienne m'a demandé quand j'avais eu mes dernières règles.

– Deux mois, ai-je dit, mais c'est parce que j'ai volontairement arrêté une grossesse.

Elle m'a regardée, comme pour dire, ouais, je le sais, moi-même, je suis un désastre reproductif. Est-ce que j'avais d'autres questions ?

– Est-ce que je peux boire après avoir pris cette pilule-là ?

– Ben, essayez de pas vomir.

– OK.

– Si vous vomissez, vous allez être obligée de la reprendre.

Je lui ai levé mon pouce et je suis retournée dans la rue, une précieuse petite fiole de plastique cliquetant dans mon sac.

Mais ce n'est pas le genre de choses auxquelles je faisais référence.

*

– Est-ce que tu voudrais faire du sexe avec moi ? dis-je, quand je sens que c'est le moment.

– On fait pas du sexe en ce moment ?

– Ben, oui, j'imagine que oui, mais je voulais dire du sexe sexe.

– Oh ! dit-il. Du sexe sexe.

Sa queue est longue et mince et un peu aiguisée vers le gland. Elle devient si dure que quand on se met à baiser, je peux l'entendre cogner sur le col de mon utérus. Ça a l'air exagéré, mais c'est vrai ; c'est entre le son et la sensation, comme quand on se fait claquer les doigts. Sa peau est fine et rougeâtre. Ça ne ressemble presque pas à de la peau. Il sent à peine comme un garçon, ou un adolescent. Il sent surtout la vitamine B, il sent la tourbe.

Plus tard, on se partage une cigarette sur le balcon. Il s'est rhabillé complètement, sauf le chapeau, qui traîne sur la table de chevet de ma mère, à la manière d'un jeu de Trouvez l'intrus. Je décide que c'est le moment idéal pour une confession.

– Ma mère est en train de mourir, lui dis-je, pis mon père vit avec la femme de La Tortue.

– La Tortue ?

– Oublie ça. Fait que, c'est-tu comme une affaire normale pour les hassidim, ça ? Vous êtes genre comme les amish, genre vous vous donnez un an pour...

– Chhhhh, dit-il, en mettant sa main à l'odeur de terre sur ma bouche. Vous entendez ça ?

– Quoi ?

Et je l'entends.

Zzzmmmmmmmmmmm.

Un service

Lynnie doit quitter son emploi comme doula spécialisée dans les avortements parce qu'elle est enceinte. Ça ne se voit pas encore, mais ça ne devrait pas tarder, et elle a peur que ça déstabilise ses clientes.

– Juste pour que ça soit clair, dit-elle à sa colocataire Alice, la plupart d'entre elles savent exactement ce qu'elles font. Mais elles se sentent assez jugées comme ça par le reste du monde. Elles ont pas besoin de moi en train de m'accoter le ventre sur leur bras pendant qu'elles ont les pieds dans les étriers.

Elle travaille chez Gamme Complète depuis six ans et elle n'a aucune idée du genre d'emploi disponible ailleurs. Elle a commencé comme bénévole ct maintenant, elle voit une dizaine de clientes par semaine. Quand elle apprend à sa patronnc qu'elle part pour de bon, elle reçoit d'elle une accolade un peu mécanique et un petit cactus.

– C'est plate que tu t'en ailles, fille, dit Miranda.

– Vous allez me manquer, toutes, dit Lynnie.

Miranda remct aussi à Lynnie deux lettres de recommandation dans des enveloppes non scellées, que Lynnie range dans le tiroir de son bureau. En le refermant, elle se demande qui va bien pouvoir s'intéresser à son dévouement pour le bien-être des femmes, à sa compassion, à sa grande éthique de travail et à son excellente ponctualité.

Sur son passeport, c'est écrit « masseuse », et ça résume assez bien son métier, en réalité. Elle a pensé faire inscrire simplement « doula », mais la résonnance étrangère du mot, combinée à sa peau foncée et à ses cheveux noirs frisés pourraient mener à des heures d'angoisse dans une salle d'interrogatoire à la frontière. Alors elle préfère endurer les clins d'œil et les blagues à propos des petites récompenses et, la plupart du temps, elle s'en sort assez bien.

Malgré tout, l'ambiguïté suscitée par son passeport lui donne une idée.

Elle appelle Raelle, qui travaille dans l'un des nombreux « centres de massage », sur Sainte-Catherine.

– Tu penses-tu que tu pourrais me faire rentrer chez Renaldo ?

– Je sais pas. T'es-tu habile avec tes mains ? Tu peux-tu faire du travail physique intensif ?

Lynnie pense aux centaines d'épaules qu'elle a triturées, aux mains qu'elle a tenues, aux points de pression de shiatsu qu'elle a activés au fil des ans.

– Ouais, dit-elle, je pense pas qu'il y ait de problème de ce côté-là.

*

258

Lynnie adore le ridicule et la grossièreté assumés des clubs de danseuses sur Sainte-Catherine. Dans la petite ville d'Ontario où elle a grandi, ils cherchaient à se faire discrets, en se dissimulant derrière une façade de classe modeste ; ils s'appelaient le Gentleman Jack's ou le Coffre au trésor. Ils avaient de fausses colonnes doriques, de faux cendriers en marbre et de fausses branches de palmier accrochées au-dessus des portes. Ici, à Montréal, les clubs portent des noms comme La boîte à sexe, Le château du sexe, ou Supersex. Des femmes de néon en costume de superwoman, les seins à l'air, entourent les enseignes ; leurs mamelons en DEL flashent comme des tours de transmission. Sur l'une des enseignes, une femme style bande dessinée en g-string prononce les mots « Le sexe : j'aime ça[4]. » Elle rappelle à Lynnie ces femmes toutes nues qu'elle et ses frères dessinaient quand ils étaient jeunes, avec leurs seins sphériques, comme pris par surprise. Il y a quelque chose d'émouvant dans la naïveté crue véhiculée par l'image.

Et il y a tout de même une forme de pouvoir qui émane de ces super héroïnes travailleuses du sexe. Leurs lèvres sont luisantes et leurs têtes, renversées ; leurs seins volent comme s'ils étaient suspendus, flottant dans un liquide dense. Elles sont vibrantes,

---

4. « Le sex : j'aime ça » : en français dans le texte original.

ces femmes radioactives, elles éclairent la rue comme des roquettes en feu.

Elle rejoint Raelle en face d'un des clubs, et elles entrent au Second Cup au coin de la rue.

– J'ai proposé un nouveau forfait aujourd'hui, dit Raelle. J'appelle ça le VIP. Ce que je fais, c'est que je leur fais prendre une très longue douche, pis je les essuie après.

– Ouin? dit Lynnie.

– Ça leur coûte 220 piasses, dit Raelle.

Elles rient toutes les deux et Raelle se met à fredonner la musique d'ascenseur qui joue dans le café avec une voix incroyablement mélodieuse et passionnée, en inventant des paroles à mesure.

Mais relaxe mon coin-coin
Maman est pas loin
Elle s'en vient t'essuyer
Pareil comme quand t'étais bébé
Un p'tit bébé en couche, à peine sevré
Parce que t'es une
Vraiment
Importante
Personne

Le patron de Raelle s'appelle Desmond. Il toise Lynnie très longtemps avant de prendre en note son nom (« Priscilla ») et son numéro de téléphone.

– Fait que Priscilla, dit-il, t'es quoi, au juste? Grecque ou quelque chose?

– Ou quelque chose, dit Lynnie.

– Anyway, c'est pas ben, ben compliqué, dit Desmond, les clients aiment la variété. C'est comme un gros sac de Skittles ici.

Il cligne de l'œil et elle lui sourit en retour.

*

Le téléphone de Lynnie sonne et ça fait un son de bulles qui éclatent. C'est Renaud.

– Ma main a bougé en physio aujourd'hui.

– Renaud ! C'est malade !

– Ouais.

– Je suis tellement contente.

– Ouais. Je vais bientôt pouvoir recommencer à jouer.

– Ouf, c'est. C'est juste. Trop merveilleux.

Il y a plusieurs années, Renaud était apparemment un musicien reconnu. Il faisait partie d'un boys band qui avait fait sensation, une sorte d'équivalent québécois de Menudo, appelé Gare Garçon, ce qui explique peut-être pourquoi le groupe n'avait jamais eu de succès en dehors de la province. Aujourd'hui dans la soixantaine, il est concierge dans l'immeuble où Lynnie habite, il a ses quartiers au rez-de-chaussée avec ses chiens, deux renifleurs invétérés de parties intimes, nommés Chip et Mario. Chaque fois que Lynnie entre ou sort de l'immeuble, ils la chargent, le nez pointé directement sur la fourche de ses pantalons, comme deux missiles téléguidés. « Sortez d'là », hurle Renaud. L'idéal serait peut-être de faire comme si de rien n'était, mais Renaud tient à en faire tout un plat. « Sortez d'là, les vlimeux, lais-sez la petite tranquille. » Lynnie ne sait pas trop quoi penser du fait qu'on fasse réfé-rence à son entrejambe comme étant « là », comme si c'était une destination, quelque chose qui se repère sur une carte. Comme dans comment je fais pour me rendre là? C'est là qu'on va?

Renaud demande :

– C'est ton bicycle barré sur la clôture?

– Avec un guidon bleu?

– Non.

– D'abord, non.

– Je m'en allais dire que tu serais mieux de le mettre en dessous du balcon. C'est la saison des voleurs de bicycles, tsé.

– Je sais.

– Pis. Euh. Montpellier veut le loyer au plus tard pour le 15.

– Oui. Oui. Je m'en occupe.

– Sans ça, il dit qu'il va appeler la Régie.

– Il aura pas besoin.

– OK, bye, Lynnie.

– Bye, Renaud.

C'est un bel homme, dans le genre renard grisonnant, avec une chevelure huileuse en pompadour poivre et sel qui descend tou-jours plus bas sur sa nuque et dans son cou. Des lignes creuses autour de sa bouche. L'hiver dernier, après un AVC, il a complè-tement perdu l'usage de son bras droit et sa bouche est restée légèrement croche, ce qui lui donne un air canaille. Quand il lance la balle à Mario ou à Chip, ils l'attrapent dans leurs mâchoires, aussi agiles et avides qu'une paire de mains. Renaud n'aimait pas Lynnie, jusqu'à ce qu'il apprenne qu'elle était Iranienne et pas Haïtienne. « J'ai pas de problème avec vous autres, a-t-il dit, pas comme tout le monde. »

Qu'est-ce que ça fait d'être vieux ? Son grand-père le lui a déjà décrit comme ça : « Tu es en file à l'arrêt d'autobus, mais la file est tellement longue que tu n'as pas la sensation d'être en file. C'est comme si tu te promenais, tout simplement. Mais soudainement, là-bas, au bout de la rue, tu aperçois l'autobus qui attend. Et la file avance et avance, et tu te rapproches de plus en plus de l'autobus. Et puis tu finis par comprendre. Tu vas être obligé d'embarquer. »

Les gars, avait-elle découvert, sont bizarrement attachés à leurs spermatozoïdes. Quand son ancien amant, Sebastian, avait refusé de l'aider, elle ne lui avait pas parlé pendant deux mois.

– Tabarnak, Seb, avait-elle dit lors de leur dernière conversation, tu te branles genre cinq fois par jour. C'est quoi que ça change si une fois, une seule, tu viens dans une pipette en plastique ?

– Je sais pas, avait-il dit. Je me sentirais comme responsable.

– De quoi ?

– Du bébé.

– Mais tu le serais pas, avait dit Lynnie.

— Mais je me *sentirais* de même pareil.

Elle s'était rendu compte qu'elle n'avait pas envie de se battre pour les fluides corporels de quelqu'un. On aurait dit une histoire de Philip K. Dick.

– OK, parfait. Whatever. Garde-le. Je voudrais pas que mon bébé devienne un maudit égoïste, de toute façon.

Alors c'est un peu étrange pour elle, aujourd'hui, d'être entourée d'un tel excès de semence. Ses clients ne pourraient pas s'en départir plus rapidement, ils en ont une quantité illimitée qu'il faut drainer continuellement. Ce sont des lois économiques auxquelles Lynnie n'avait jamais été confrontée auparavant : l'offre et la demande sont soudainement réunies à l'intérieur d'une même entité corporelle. Elle se voit comme une gérante des ventes ; sa tâche principale consiste à transférer des unités entre succursales. Ça, c'est quand elle ne se voit pas comme une fermière qui se lève aux petites heures du matin pour aller traire les vaches, dont les meuglements insistants lui font mal parce qu'elle ressent leurs besoins jusque dans son ventre, là où le têtard flotte, suspendu dans du Jell-O.

Son ventre commence à imploser, petit coup de poing par petit coup de pied. Il s'arrondit toujours plus et devient brillant tellement il est tendu. Si ses clients le remarque, ils n'ont pas l'air de s'en formaliser. Peut-être est-elle, pour eux, la représentation d'une sorte d'über-femme fantastique – à la fois mère et pute. Elle continue à se maquiller et à se coiffer pour aller travailler, même si Raelle lui répète de ne pas s'en faire avec ça.

– Ils aiment le look à-peine-sortie-du-lit, dit-elle. Ça leur donne une impression d'intimité.

Les cheveux en dreds de Raelle sont quant à eux emprisonnés dans une queue de cheval bordélique, et elle porte une camisole de coton blanche et des pantalons cargo.

Lynnie pense à un commentaire que son ami Alex lui a fait une fois. Il avait dit :

– À chaque fois que je croise une pute dans la rue, je suis comme « désolé, merci, mais non merci ». Pis après je me sens full mal.

Lynnie avait tiré le col de son manteau autour de son cou.

– Quoi, tu penses qu'elle prend ça personnel ? Tu penses que ça lui fait de la peine ?

– Ben, je veux dire, c'est elle que je rejette, non ? Sur un plan hyper personnel.

– Alex, les prostitués, c'est des travailleuses, elles *travaillent*, avait dit Lynnie. C'est pas des pauvres femmes complètement dépourvues de jugement qui pensent que tous les hommes de la terre veulent les fourrer. Elles savent que c'est pas tous les gars qui sont des douchebags.

Alex n'avait rien dit, et Lynnie avait ressenti le picotement de l'embarras lui rougir les joues, comme quand on fournit un bon argument.

Mais maintenant, elle se demande si elle avait raison. Elle commence à avoir l'impression d'être capable de voir à travers les vêtements des hommes, à travers leur peau, jusqu'à leurs désirs. Ce qu'ils veulent, c'est la consommer. Elle n'arrive plus à avoir de contact visuel avec des étrangers, elle a commencé à porter des lunettes fumées et à baisser le capuchon de son kangourou sur son visage quand elle sort en public.

Elle chuchote au têtard :

– Je les laisserai pas t'avoir.

Mais en fait, elle sait bien qu'elle se parle à elle-même.

✳

La colocataire de Lynnie, Alice, que Lynnie suspecte de n'être pas tout à fait d'accord avec le genre d'emploi qu'elle a choisi, dit à Lynnie qu'elle pourrait se faire engager là où elle travaille. Six matins par semaine, une camionnette vient chercher Alice pour l'emmener sur une ferme bio, à une heure de la ville. Là-bas, elle passe six heures dans une allée de courgettes avec un pinceau, à polliniser les fleurs une par une. « À cause de la pénurie d'abeilles, explique-t-elle, les petites fermes ont perdu énormément de fruits et de légumes, puisque la plupart d'entre elles refusent, ou ne peuvent pas se payer, les graines autopollinisantes que les méga fermes utilisent. » Leur seule option, c'est d'engager des gens comme Alice pour les aider à féconder leurs récoltes à la main.

– Je travaille surtout avec des nouveaux immigrants, dit-elle, des gars du Salvador, du Soudan, pis du Liban. Ça paye moins que le salaire minimum, mais j'ai l'impression de faire une bonne action. En tous cas, c'est assez facile comme job. C'est pas trop demandant physiquement, pis t'es dehors toute la journée.

– Je vais y penser, dit Lynnie.

*

Les pouces de Raelle se promènent sur l'avant-bras de Lynnie, massant en cercles les muscles enfouis sous la peau. Ses mains sont incroyablement fortes, on dirait qu'elle a des marteaux à la place des doigts. Depuis quelque temps, Lynnie a souvent des crampes. Alice lui dit de manger plus de bananes et Alex lui offre un tube format familial de A535. C'est sûrement le fœtus qui suce son énergie comme ça. En même temps, c'est peut-être son emploi qui commence à pénétrer dans ses os. Quand elle sent cet appétit masculin pour son corps, elle a l'impression qu'elle pourrait se faire avaler d'un coup, comme un shooter de Goldshlager.

– Je marche pour revenir de la job la nuit passée, dit Raelle, en massant Lynnie, pis je passe devant un appart. Il doit être à peu près quatre heures et demie, cinq heures, j'imagine. Pis les lumières sont toujours allumées dans cette place-là, pis c'est dans le sous-sol, fait que je peux comme voir en dedans, tsé, sans vraiment vouloir.

– Hum, hum.

– Pis le gars qui reste là, ben, à chaque fois que je passe, soit il est en train de se branler, soit il se fait des lignes de coke, soit il joue à des jeux vidéo.

– Ha.

– OK, bon ben la nuit passée, je jette un œil rapido en passant, pis devine ce qu'il est en train de faire ?

Lynnie n'en a aucune idée.

– Il est en train de manger une tarte, à partir du milieu.

– À partir du milieu ?

– Ouaip.

– Avec une fourchette ?

– Une *cuillère*.

– Dans un sens, c'est le détail le plus malsain de l'histoire, dit Lynnie.

– Je le sais. Lève pas ton épaule de même.

– De même ?

– C'est mieux.

❋

Plusieurs mois auparavant, Alex attendait Lynnie au San Simeon, à deux pas de la Main. Alors qu'il regardait par la fenêtre, un groupe d'hommes en jeans et en vestes courtes est entré dans le café et s'est assis. Ils étaient italiens ou peut-être grecs, mais pour Alex, ils ne représentaient rien de moins qu'une grande conflagration ou une grande manifestation d'Hommes : l'Homme avec sa casquette de baseball, l'Homme avec sa veste d'aviateur, l'Homme Ray-Ban avec ses lourds souliers noirs stylés et robustes. Où est-ce qu'on achetait des souliers comme ça ? Alex n'en avait aucune idée. Ces Hommes semblaient appartenir à une tout autre espèce. Ils étaient plus coriaces que lui, leurs cheveux étaient courts et rudes, et si l'on s'approchait d'eux, on pouvait sentir leurs odeurs viriles, comme celle du Brut 33. Non, ça, c'était la génération de son grand-père. Ces jours-ci, ça serait plutôt l'odeur du Axe, ou du Polo Sport, ou du Hugo Boss. Ces Hommes occupaient un autre univers, une autre dimension, parallèle à celle d'Alex, mais totalement indépendante. Leurs conversations tournaient autour de sujets qu'Alex ne pouvait même pas concevoir, et il était incapable de deviner jusqu'à leur âge. Qu'est-ce que ça faisait d'être eux, ou d'être avec eux ? Alex s'est mis à imaginer leurs torses poilus et épais se frottant contre d'autres corps. Quel genre de sons ça faisait ?

Une fois, son amie Sally avait ridiculisé devant lui l'idée même de différence sexuelle, après qu'il eut pointé un article de magazine féminin étalant son expertise à propos des « Nouvelles positions qui feront baver ton mec ! »

– C'est quoi, cette fois-ci, d'après toi ? avait-il demandé. L'Arc-boutant médiéval ? Le tigre accroupi et le dragon caché ? L'indice Dow Jones en chute libre ?

Sally s'était contentée de grimacer.

– Toutes ces niaiseries-là à propos des différentes positions, des différents styles, des différentes orientations, avait-elle dit. On a un nombre limité de trous, tsé, pis il y a pas un nombre illimité d'options pour les remplir. Pis tout le monde fait ça à peu près de la même façon. Le coffre à outils est pas sans fin.

– Pourquoi ça serait juste une question de trous ? avait dit Alex. T'es vraiment une gouine. Tu fais quoi, des surfaces, des interstices, des anfractuosités, des tumescences ? Ça mérite pas un peu d'amour, ça ?

– Fourrer, c'est fourrer, avait-elle dit, avec ou sans graine. À l'intérieur de certaines limites, avait-elle ajouté après un silence.

Et pourtant, Alex n'arrivait pas à imaginer ce que ces Hommes faisaient avec leurs femmes et leurs blondes, avec leurs maîtresses, et même entre eux si c'était possible ; il n'arrivait pas à s'imaginer si ça pouvait ressembler un tant soit peu à ce qu'il avait fait ou à ce qu'il pourrait faire avec qui que ce soit. Ils étaient comme des personnages sortis tout droit d'une émission de télé, ces Hommes, mais en même temps, ils étaient là devant lui, en chair et en os ; ils buvaient un café avec Alex, en quelque sorte. Des mondes qui lui étaient encore moins accessibles que l'Indonésie, l'Australie ou le Groenland apparaissaient et croisaient son chemin à chaque tournant. C'était l'un des grands mystères de la civilisation.

Il a vu Lynnie arriver sur son vélo, en descendre et le barrer sur un parcomètre à l'extérieur du café. Elle l'avait appelé quelques heures avant, sortie de nulle part, disant qu'elle avait une proposition à lui faire.

– Quoi, ça ? avait-il dit.

– Faut que je te voie en personne.

– Ça sonne cochon.

– Tu peux même pas imaginer.

Elle l'a salué en agitant la main, de l'autre côté de la fenêtre. La porte s'est ouverte, laissant pénétrer le vif parfum de l'automne. En passant à côté de la table des Hommes, elle a senti leurs regards à la fois machos et enfantins. Et Alex a compris, avant même qu'elle ouvre la bouche, qu'il allait dire oui.

Raelle accompagne Lynnie jusqu'à la station de métro après le travail. Un vieil homme en veste de tweed s'approche d'elles, son parapluie à la main, malgré le fait qu'il n'ait pas plu depuis des semaines. Il leur sourit avec sollicitude.

– Vous devriez pas sortir toutes seules, les filles, dit-il. C'est pas un quartier sûr.

– On est pas toutes seules, dit Lynnie.

– Quand même, dit-il. Il y a peut-être des hommes dangereux dans le coin. Je pourrais être un violeur. Comment vous le sauriez ?

– Ouais, ben, peut-être que dans ce cas-là, *vous* devriez pas sortir dans le quartier, dit Raelle.

– Je voulais juste vous aider.

– Merci, dit Lynnie, pendant que Raelle le regarde s'en aller.

Raelle se souvient de la première fois où elle a vu Lynnie, à la clinique. Les infirmières et les médecins ne portaient pas d'uniforme, ce qui avait donné à Raelle l'impression d'assister à un cours de Pilates. Elle n'arrivait pas à se rappeler d'un moment, dans sa vie, où elle avait été en présence d'autant de femmes différentes : des jeunes et des moins jeunes, des grosses et des maigres, des blanches et des noires, toutes confortablement enroulées dans des gaines de coton élastique. En fait, il régnait ici une ambiance très « YWCA », avec le potinage quotidien, la nonchalance entourant la nudité et les fonctions corporelles. C'était à peu près l'idée qu'elle se faisait d'une retraite santé très bas de gamme.

La clinique lui avait offert un service spécialisé, une doula, pour l'accompagner durant la procédure. Elle avait refusé, imaginant une femme en écharpe déposant des cristaux sur son abdomen et chantant dans un langage inventé. Mais à cause d'une bévue administrative, elle s'était retrouvée dans la petite salle toute propre avec non seulement le médecin et l'infirmière, mais aussi cette femme aux épais cheveux noirs retenus par un bandeau, qui portait des pantalons foncés et une blouse verte. Elle avait souri, montrant deux palettes plus blanches que ses autres dents, de chaque côté.

– Je m'appelle Lynnie, avait-elle dit. Je suis là pour vous.

Sa façon d'accentuer le *vous* avait donné l'impression à Raelle que les deux autres personnes présentes n'étaient pas là pour elle. Ce qui, d'une certaine façon, n'était pas faux.

Dans la salle de réveil, un peu plus tard, Lynnie s'était assise avec Raelle, la gavant de biscuits soda et de jus d'orange.

– J'aurai plus jamais de relations sexuelles, avait dit Raelle. Sauf si c'est pour de l'argent.

– Ah, comon, c'était pas si pire que ça, non? avait dit Lynnie.

Raelle était toujours un peu groggy à cause du sédatif.

– Est-ce que vous utilisez le même aspirateur des fois pour, genre, cleaner la place? Après la fermeture?

Lynnie l'avait regardée, puis s'était mise à rire, un immense éclat qui avait fait trembler le rideau entourant la chaise inclinée de Raelle.

De l'autre côté du rideau, elles pouvaient entendre deux femmes discuter de ce qu'elles feraient quand le club La boîte du sexe fermerait ses portes. Plus tôt, Raelle les avait vues ensemble dans la salle d'attente. C'était difficile d'identifier laquelle était là pour la procédure et laquelle était là pour le support moral; les deux portaient ces étranges pantoufles de papier qu'on distribue, comme s'il s'agissait de tests de patience pour vérifier les compétences en matière d'origami. Raelle s'était demandé si elles n'étaient pas là toutes les deux pour se faire avorter. Peut-être qu'une des deux était tombée enceinte et que l'autre avait décidé de ne pas abandonner son amie à son sort, sortant dans les bars et se faisant engrosser le soir même.

– Non, avait dit Raelle, se faire faire le bikini, ça fait plus mal.

Lynnie avait donné son numéro de cellulaire à Raelle.

– Appelle-moi si il y a quoi que se soit qui t'inquiète.

– Cindy travaille au Cléopâtre maintenant, avait dit une des deux femmes. Elle dit que c'est là que ça se passe.

∗

Le jour suivant, Raelle avait composé le numéro à partir de la ligne fixe de sa colocataire.

– Alex? avait dit la voix de Lynnie.

– Non, avait dit Raelle. C'est Raelle. De la clinique, de... hier.

Pour une raison ou pour autre, sa gorge s'était refermée sur le mot « avortement », un mot qu'elle avait toujours porté en elle comme un diamant chèrement gagné. Elle avait avalé sa salive.

– Je me suis fait avorter hier, à trois heures et quart?

– Oui, oui, bien sûr, avait dit Lynnie, excuse-moi. Est-ce que tout est correct?

– Non, avait dit Raelle.

Elle avait l'impression que tout allait bien se passer; si seulement elle pouvait entendre ce rire à nouveau.

– T'as-tu des douleurs?

– Non.

– T'as-tu des saignements?

– Non, avait dit Raelle. Mais je pense qu'un verre me ferait pas de mal.

Il y avait eu un silence, puis Lynnie s'était esclaffée.

– Je finis à huit, avait-elle dit.

✳

Elles s'étaient retrouvées dans un casse-croûte 24 heures qui servait un café rougeâtre et sombre au goût d'aisselles. La serveuse avait une fleur de lys délavée comme tatouage et elle les appelait « mes cocottes ».

– Écoute, avait dit Lynnie. Ça m'est déjà arrivé, ce genre d'occupation territoriale.

Elle parlait sur un ton un peu formel, comme si c'était une histoire qu'elle avait souvent racontée.

– La chose, l'embryon, le zygote, peu importe c'est quoi à ce stade-là, le truc s'était installé dans mon ventre et s'était mis en tête de compléter des opérations mathématiques simples, pis après ça, de plus en plus complexes : additions, multiplications, exponentielles. J'ai commencé à y penser en tant que Quantité Inconnue N, pis après ça, juste N. Mon chum voulait l'appeler Kevin, un nom qu'il haïssait. Mais pour moi, c'était juste N. N l'Inconnue. N le Destructeur. Parce que soyons honnêtes, ici : le truc était en train de sucer mes ressources naturelles aussi efficacement qu'une mine à ciel ouvert. J'arrivais à peine à rester réveillée avec tous les calculs mathématiques en expansion dans mon ventre ; je cognais des clous en plein milieu de mes cours. Ça allait grossir, pis grossir, pis un jour, ça allait faire son chemin en dehors de moi, pis que je vive ou que je meurs, ça s'en crissait pas mal. Ça m'aimait pas. J'étais juste comme un sac de bouffe accroché après, comme une grosse boule de nutriments faite pour être sucée par une tique. Je pouvais pas comprendre comment mon corps pouvait agir contre ma volonté à ce point là. C'était comme une trahison en haut lieu. J'ai appelé la clinique pis j'ai pris rendez-vous. Trois semaines, c'est le plus tôt qu'ils pouvaient m'offrir. J'étais pas sûre que j'allais toffer jusque là ; j'arrêtais pas de penser que ça allait sortir de moi comme le monstre dans *Alien*, pis que ça allait se mettre à courir partout dans la cuisine pendant que je crevais sur le plancher au milieu du sirop de maïs renversé pis de la teinture rouge.

Elle avait souri à Raelle et avait avalé une gorgée de café.

– Pis là, l'accident est arrivé, avait-elle dit. Je revenais du cinéma en bicycle une nuit ; je venais de traverser Sherbrooke, je commençais à prendre de la vitesse, pis juste là, un char m'a coupée sans regarder dans son miroir. Plus tard, ils m'ont dit que j'avais revolé cinq pieds plus loin, que j'avais atterri sur le capot du char assez fort pour faire décrocher le bumper avant, pis que j'avais rebondi sur le béton de la chaîne de trottoir avec mes jambes pis mes bras allongés comme pour faire un ange dans la neige, la face par terre. Tout ce que je me souviens, c'est un crounch, pis soudainement, la sensation bizarre de regarder vers le haut, mais de voir le sol. Je me suis réveillée à l'hôpital avec une clavicule cassée, un poignet foulé, un trou à la place de ma dent préférée, pis une couple de bleus vraiment intenses, mais à part ça, je m'en sortais miraculeusement bien. J'avais aussi l'impression d'être en train de couler, comme si je me vidais par des orifices vitaux, d'une manière possiblement fatale, mais je pouvais pas bouger assez pour vérifier d'où ça venait. J'essayais de me concentrer sur la leçon que me faisait le médecin, une femme, à propos du fait que mon casque m'avait sauvé la vie. Je veux dire, peux-tu plus prêcher pour ta paroisse ?

Pis elle s'est approchée de moi, pis elle m'a parlé avec une voix douce : « Vous étiez enceinte. Vous le saviez ? » Le choc était double : entendre ça prononcé par une inconnue et au passé. Comme une affirmation et une négation dans la même phrase. J'ai dit « N », en attendant le résultat de l'équation. Elle a dit : « Vous avez fait une fausse couche. » Moi, j'ai rien dit. Elle a ajouté : « C'était au tout début. C'était même trop tôt pour savoir si le fœtus était bien accroché. Je suis désolée. » Elle a dit : « Je sais que c'est un coup dur. Mais il n'y a rien qui vous empêche d'en avoir un autre, quand vous serez prête. Comment vous vous sentez ? » J'ai répété : « N. » Ça a dû sonner comme un acquiescement, ou en tous cas, comme un signe de je suis correcte, parce qu'elle a redressé les épaules, pis elle a dit : « Bon, parfait, l'infirmière va venir vous voir dans quelques minutes. Bonne chance. » Je sais que j'aurais dû ressentir une sorte de perte, ou une sorte de deuil. L'infirmière avait tellement de beaux grands yeux gentils, elle m'a touchée avec tellement de douceur, comme si j'étais un petit animal orphelin pas habitué au contact des humains. Mais tout ce que je me disais, c'était *Mon corps m'a choisi*. Quand le temps est venu de choisir, il m'a considérée, moi, Lynnie, peu importe ce que ça voulait dire, comme digne de rassembler pis de faire converger les ressources nécessaires à ma survie. Dans un sens, c'était la plus grosse preuve d'affirmation de moi-même que j'avais jamais faite.

Elle s'était reculée dans son siège de similicuir.

– Ouin, avait dit Raelle. Fuck avoir des enfants.

Lynnie avait détourné le regard.

– Ben, je dirais pas tout à fait ça.

Ce gars-là veut que j'aille vite. Ce gars-là veut que j'aille lentement. Ce gars-là veut de l'huile parfumée à la lavande, pis ce gars-là veut aucune huile. Pis ce gars-là chigne wii wii wii...

Lynnie se fredonne des comptines en travaillant. Ça devient un tic dont elle a à peine conscience, comme ses pieds qui semblent lui chanter *cours donc, cours donc, cours donc* quand elle marche vers le métro, les soirs où elle se sent trop fatiguée ou qu'elle a le corps trop endolori pour prendre sa bicyclette. Ses comptines préférées sont celles qui parlent d'animaux rusés qui réussissent à vaincre leur ennemi commun en travaillant ensemble ; elle est moins attirée par les princesses et les demoiselles endormies. Trop d'insistance sur les vêtements. En plein cœur de l'été montréalais, ça lui donne envie de se gratter quand elle pense à des crinolines, à des corsets, à des tournures et à toutes ces couches de soie et de coton jacquard. Elle pense à des porcs avec des chapeaux très chics, à des fournis travaillantes et à des cigales paresseuses, à des chats champions d'escrime et à des oies un peu idiotes. Elle voudrait faire un beau pochoir pour le berceau de son têtard, mais elle croit qu'elle n'aura pas le temps.

– Humpfff, dit le gars.

Et ensuite :

– Merci.

– Pas de trouble, dit Lynnie, en passant une serviette sous l'eau tiède. À la semaine prochaine.

– Tchèque ça, le chat parle, dit Alice.

– Ben non, dit Lynnie.

– Je te le dis. Écoute. Max, tu veux-tu manger des légumes ?

Naoonn.

– Max, c'est quoi, ton poisson préféré ?

Thaaaonnn.

– Max, Passe-Carreau culbute, saute et tourne en...

Raaonnnnd.

– OK, OK, je catche. Je suis crampée.

En sortant par la porte arrière, Lynnie aperçoit Mario, le gros mastiff de Renaud, qui saute dans sa fenêtre. Ses jappements sont faibles, assourdis par les vitres doublées. Il saute et saute, ses griffes frottent dans la fenêtre et laissent de longues traces blanches.

✳

Lynnie et Raelle pédalent; elles se dirigent vers la maison après la représentation du dernier John Waters, pour lequel elles se sont préparées en cachant quelques cannettes (du Ginger ale pour Lynnie, de la Pabst pour Raelle) dans leurs sacoches et en se dessinant l'une à l'autre de fines moustaches avec du eyeliner. À quelques pâtés de maison de leur appartement, un homme sort de l'ombre et se place au milieu de la rue, agitant les mains dans les airs pour les arrêter, comme s'il était sur une île déserte et qu'elles étaient un avion.

– Un service, dit-il alors qu'elles ralentissent. C'est jour de fête.

L'homme est hassidique. Il porte une chemise blanche et un châle de prière; ses courts pantalons noirs, avec les bas, rappellent Tintin à Lynnie. Au lieu de son chapeau noir, il porte simplement une petite kippa fade. Ses papillotes sont molles et presque totalement raidies à cause de la chaleur. Lynnie et Raelle se regardent.

– Venez, venez, dit l'homme.

Elles descendent de leurs vélos et marchent jusqu'à la clôture qui entoure l'appartement. La pelouse est longue et négligée; il y a des jouets qui traînent ici et là. L'homme attend dans le cadre de porte. En relevant les yeux, Raelle attrape le bras de Lynnie et lui murmure directement dans le visage. *Moustaches*. Elles se lèchent les doigts et se les passent sur les lèvres l'une de l'autre. Raelle fait preuve d'une tendresse dans ses gestes dont Lynnie ne s'était jamais rendu compte.

– Je suis correcte ? dit Raelle.

Il reste une tache brune et pâlotte, comme si elle avait bu un chocolat chaud.

– Ouaip. T'es correcte.

L'ancien propriétaire de Lynnie et d'Alice était hassidique, et ça lui a pris trois ans avant de savoir qui était Lynnie et qui était Alice, parce qu'il ne les regardait jamais dans les yeux. Mais cet homme-là est bavard et très amical. Il fait entrer Lynnie et Raelle dans le salon, où son épouse sourit et s'incline à répétition en dessous d'un immense chandelier qui cliquette.

– Merci, merci, disent-ils.

– Voudriez-vous boire quelque chose ? demande l'épouse.

Elle traverse le corridor et s'en va à la cuisine, pendant que l'homme sourit et s'incline à répétition. Elle revient avec deux verres de plastique et un contenant de jus Tropicana. Sous l'arche de la cuisine, deux petites filles en robes rayées similaires apparaissent, main dans la main. Elles regardent devant elles dans un silence étrange de jumelles.

– Merci, dit Lynnie, prenant le jus, froid et visqueux comme du gel de douche.

Les quatre adultes se tiennent dans le corridor, tout le monde se sourit pendant que les deux fillettes regardent les étrangères avec de gros yeux. Finalement, l'épouse frappe dans ses mains et fait signe à Lynnie et à Raelle de la suivre. Lynnie s'attend à être dirigée vers la cuisine, où l'une d'elles va fermer le four ou monter l'air climatisé. Mais non. L'épouse monte plutôt les escaliers, en s'appuyant lourdement sur la rampe. Lynnie et Raelle la suivent, et l'homme ferme la marche. En haut des escaliers, ont les emmène dans une chambre.

Sur le lit repose un vieillard, un vieux, un ancien, avec sa peau froissable comme du papier bible et ses paupières qui retombent, comme de la pâte, sur ses yeux cernés de violet. Un masque à oxygène est collé sur son visage ; il est relié à une bombonne de métal qui siffle. Le fil le plus ténu imaginable, à peine plus visible que la soie d'une toile d'araignée, semble le rattacher à la vie et au monde. Dans un coin de la pièce, il y a une petite télévision, muette.

L'épouse sourit.

– Mon papa, dit-elle. Un homme bon. Un rebbe.

Elles acquiescent.

– Un homme sérieux.

Elles acquiescent. Derrière elles, le mari fouille dans un tiroir, à la recherche de quelque chose.

– Il ne sort plus beaucoup, maintenant. Il se sent seul.

Elles acquiescent.

– Un homme a besoin de certaines choses. Même un vieil homme.

Elles acquiescent.

– Donc ? dit-elle, en soulevant ses sour-cils, pleine d'espoir.

Le mari a sorti un long objet cylindrique noir du tiroir et il l'a déposé sur le lit, entre les deux collines formées par les pieds du vieillard.

Lynnie se sent soudainement étourdie. Elle pose une main sur son ventre, souhai-tant pouvoir traverser les couches de peau et de chair et attraper le fœtus, qu'elle ima-gine dur et froid, comme une figurine de porcelaine. Nulle part, elle n'est en sécurité nulle part. Avec son autre main, elle attrape celle de Raelle.

– Écoutez, dit-elle, je pense pas qu'on peut vous rendre ce service-là.

Raelle serre fort la main de Lynnie. Plus fort que si elle voulait seulement la rassu-rer. Elle baisse les yeux. C'est une télécom-mande. L'épouse est toujours souriante. Raelle pointe la télécommande vers la télé-vision et un talk show apparaît.

– Ce qui est intéressant, avec un chien qui parle, c'est pas ce qu'il dit, c'est le fait qu'il parle, tout simplement, dit une femme en tailleur pervenche.

– Merci, dit le vieillard.

*

En partant, Raelle se retourne vers l'épouse.

– *Zie gezunt*, dit-elle.

L'épouse répond :

– *Gey gezunterheyt*.

Elle sourit et agite sa main, alors qu'elles passent de l'autre côté de la clôture.

– Tu parles yiddish ? demande Lynnie en débarrant le cadenas de son vélo.

– Deux trois phrases. Rien de vraiment fonctionnel pour une conversation.

– Comment t'as appris ?

– Mon père travaillait dans une maison de retraite juive. Ça a fini par le rattraper, j'imagine. Jusqu'à 20 ans, j'ai pensé que *keyn-eyn-hora,* c'était une vieille expression de Trinidad.

Un hassidim, accompagné de sa fille de 12 ans environ, fait une petite promenade nocturne le long du pâté de maisons. L'homme les salue de la main, d'un geste amical et timide à la fois. Elles les saluent en retour.

– OK, dit Raelle, faut que je le sache. C'est qui, qui t'a mise enceinte ?

Lynnie sourit.

– Une pipette en plastique.

– Ah, comon, dit Raelle.

– Tchèque, dit Lynnie. T'as-tu, genre, un vraiment vieux t-shirt, vraiment confortable ? Que tu vas jamais porter en dehors de la maison, mais que tu vas jamais jeter non plus ? Parce qu'il te fait parfaitement, que tu te sens vraiment bien dedans, pis que... ben il te met enceinte ? OK, ma métaphore vient un peu de se planter.

– C'est bon, dit Raelle, pas fâchée, je catche.

Lynnie se croise les doigts derrière le dos et espère qu'Alex ne sera pas insulté d'avoir été comparé à un vieux t-shirt.

✳

Quand Lynnie arrive à la maison, Mario est encore dans la fenêtre, à japper et à sauter. Elle s'approche pour mieux voir. Il y a des coulisses de sang dans la vitre, le rouge virant au brun foncé. Elle court se réfugier à l'intérieur, protégeant son ventre de ses mains en montant les escaliers deux marches à la fois.

✳

Alice et Lynnie regardent dehors, du haut du balcon, alors que Renaud se fait transporter dans une ambulance, sur une civière. La voisine, une vieille femme avec les cheveux teints de la couleur d'un coucher de soleil en Floride, sort sur le balcon adjacent. Elle se retourne pour regarder les deux jeunes femmes, Lynnie enceinte, et Alice tachée de sueur, enlacées, entourées de bouteilles brunes et d'herbes en pot qui traînent partout sur leur petit balcon. Les lumières de l'ambulance se reflètent dans ses grosses lunettes et elle fixe Lynnie et Alice avec, dans les yeux, des panneaux rouges clignotants. Elle grommelle quelque chose d'incompréhensible, puis rentre en faisant claquer la porte derrière elle.

– C'est juste des bouteilles de Ginger ale, crie Lynnie après-coup.

*

L'air de l'appartement du rez-de-chaussée est lourd, rempli de fumée et de gens. Lynnie se rend compte qu'elle avait toujours imaginé Renaud comme un loup solitaire, séparé de sa famille, un vieux grincheux tout seul avec son ressentiment à l'égard du monde. Mais son ancien appartement déborde de sœurs, de frères, de cousins, d'amis, de nièces et de neveux. Il y a même sa fille, dont Lynnie ignorait l'existence, accompagnée d'un mari charmant, possiblement haïtien, et d'un bébé absorbé par un jouet de caoutchouc. La fille imite la moue de son fils tout en examinant la bébelle, et Lynnie s'aperçoit que celle-ci appartient à Mario. Elle se sert une portion de pâté chinois[5] dans une assiette en carton et s'approche de la fille, elle fait une blague et la fille lui sourit. Le bébé essaie d'attraper la jambe de sa mère. Il a les mêmes sourcils que Renaud, presque arrogants. Mais c'est peut-être Lynnie qui souhaiterait que ça soit le cas.

– C'est fou, l'ambiance ici, dit Christine, la fille.

– Renaud avait beaucoup de monde dans sa vie, dit Lynnie, en espérant de ne pas avoir l'air trop impressionnée, ou trop incrédule.

---

5 « Pâté chinois » : en français dans le texte original.

– C'est pour quand ? demande Christine.

– Pour la fin de l'été.

– T'as-tu peur ?

– Je chie dans mes culottes, dit Lynnie.
Christine lui prend la main.

– T'es une fille forte, dit-elle. Renaud
disait qu'il t'aimait beaucoup.

Lynnie doute que Renaud ait jamais dit
une chose pareille à sa fille, mais elle sourit
et serre la main de Christine en retour.

Alice et Raelle sont en pleine discussion
avec deux des frères, de gros bonshommes
farceurs au rire facile. Ils s'appellent Vincent
et Ti-Gars, et ils se moquent gentiment de
Raelle et de ses dreds, en répétant « Bobette
Marley ». Dans une situation normale, Raelle
leur aurait offert des yeux au beurre noir
pour ce genre de niaiseries, mais elle rit et
chatouille la bedaine de Vincent en le trai-
tant de bonhomme Pillsbury.

Une des sœurs met un album de Gare
Garçon et commence à chanter.

Alex rentre par la porte du balcon, ses
yeux sont rouges, ses cheveux sentent la
moufette.

– Tu croirais pas les histoires de ces
gars-là, dit-il. Le gars, Pierre, il a piloté un
F-18 durant la guerre du Golfe.

– Pis, ça ? Ça le rend cool, peut-être ? dit
Alice. Tu sais-tu combien de civils sont morts
pendant cette guerre-là ?

– Plus de 100 000, dit Alex. J'espère que
je le sais, j'étais sur le comité d'organisation
des manifs dans le temps.

– Eille, j'étais là, à ces manifs-là! dit Raelle.

– Me semblait que tu me disais quelque chose, aussi, dit Alex.

Alice secoue la tête, découragée.

La chanson qui joue ensuite est plus entraînante, avec un rythme de pseudo-samba. Le mari de Christine s'avance et prend la main de Lynnie et la guide vers le milieu de la pièce. Du coin de l'œil, Lynnie peut apercevoir Raelle qui danse avec Vincent, et Alex qui parle avec Ti-Gars et Pierre, tout excité, sa bouche faisant des bruits d'explosions. Le mari de Christine la fait tourner, la fait tournoyer, la fait tourbillonner, et la rattrape. Le têtard en elle est un gyroscope, il lui permet de rester en équilibre.

Les voix des cinq jeunes hommes, tous vieux ou disparus aujourd'hui, se mélangent et s'élèvent.

– Cha-cha-cha, dit Renaud.

– T'es une belle danseuse[6], lui dit le mari.

– Ben non, dit-elle.

Cha-cha-cha.

---

6 « T'es une belle danseuse »: en français dans le texte original.

Table